男おいらん

Otoko Oiran

序

牢、というものを、柾木《まさき》は一度だけ、見たことがある。

その時はまだ小さい子どもで、まさか自分がいつか牢に入ることになるだなんて、もちろん思ってもいなかった。

牢は、庄屋さんの家の敷地内の一番奥の土蔵にあった。隣村の男が、何も入っていない空の土蔵の中で、繋がれていた。村の畑から芋を盗んだのだという。いったい何日くらいそこで捕らえられていたのか、当時まだ柾木は十才そこその子どもだったので、そこまでは知らない。ただ、近所の子どもらと一緒に覗きに行った牢のおどろおどろしさだけが、いまだに記憶に焼き付いている。

牢は、蔵の奥の土壁に、竹を組んで作ってあった。逃げられないように、細い竹は何本も束ねられ、天井から床のほうまで塞ぐようにがっちりと枡目状に結ばれてあった。そしてその向こうの暗がりに、ただじっと手首を縛られたまま座っている男の姿があった。柾木がなぜそんなに詳しく覚えているかというと、その日土蔵の錠が開いていたので、中に忍び込むことができたからだった。ただ、好奇心で入っただけだったのに。

柾木はその男がぎろりとこちらを睨んだ際に、目が合ってしまった。彼は目だけがぎろぎろとせりだしていて、あとは顔も身体もげっそりと肉が落ち、骨ばっていた。

庄屋さんの畑に盗みに入ったこの男は、石がごろごろしている隣村の痩せた田んぼの持ち主だと誰かが言っていた。そういう土地では、少しの日照りでたちまち苗が干上がってしまう。おそらくあの男のところも枯れ田となり、盗みを働くしかなかったのだろう。

男の目は、何も語っていなかった。助けてくれとも、じろじろ見るなこの野郎とも言っていなかった。男の目は、宙を見つめていた。あまりに空腹すぎて、意識が遠のいていたのかもしれない。彼の瞳からは、何の感情も読み取れなかった。ただただ餓死を待っているだけのようにも見えた。

むっとするような、家畜小屋にも似たすえた匂いが漂っていた。糞尿なのか、垢にまみれていたであろう男の身体からなのか……。それは、わからない。わからないけれど、柾木は子ども心なりに、こうはなりたくない、と思った。だから決して盗みをするまい、と、心に誓ったのだった。

その後、何日かして、今度はひとりで柾木は牢を覗いてみた。しかし、中にはもう誰もいなかった。竹の格子は取り払われ、中はしんと静まり返っていた。

あの男が死んだのか、殺されたのか、それとも隣村に帰されたのか、または逃げ出したのか、それは、わからない。周囲の大人何人かに聞いてみたけれど、皆、言葉を濁してしまったからだ。十六になった今、思い返せば、あれは、おそらくあの男は死んだということなのだろう。そして村人たちでこっそり埋葬でもしたに違いない。

（あんなに骨と皮だっただから、生きてっかねえら）

柾木は今になって捕われていたあの男のことを毎日のように思い返すのだった。なぜかというと、今、柾木がいるところ、ここもまた牢だからだ。けれど、柾木の目の前にあるのは、細い竹を組んだ格子ではない。真っ赤に塗られ、がっちりとした木で組まれた頑丈な格子がある。村の八幡さんの鳥居と同じような、真っ赤な色だ。

（八幡さんは、何にも助けてくれんだな）

柾木はうらめしく赤を見つめた。生まれてからというもの、毎年、八幡さんに、お参りに通っていたというのに。どれだけ祈っても、誰も助けになど来てはくれなかった。

柾木は赤い色が好きだった。見ていると気合いが入るし、何より鮮やかで、美しい色だと思っていた。けれど、お江戸に来てからは、柾木は赤を禍々しく思うようになった。なんていかがわしい色なのだろう、と。

　ここは、赤がふんだんに使われている。

　店の格子も赤、柾木が着せられている長襦袢も赤、そして寝具は掛け布団も敷き布団も、真っ赤だった。

　赤い格子はこの部屋を囲っている。

　ここは、牢だ。

　出ることのできない、赤い格子の牢だ。

　この赤い色は、地獄の血の色だ。

　柾木はそう考えながら、毎日を送っている。

　柾木はこの毒々しい赤い部屋で、客を夜な夜なとっていた。客というのは、男だった。柾木は毎晩男に抱かれている。

　ここは牢だ。

　俺は、罰を受けている。

　でも、いったい俺が何したっていうんで？

　柾木には納得がいかなかった。わかっていたのは、自分がこうすることで、飢饉に見舞われた故郷の家族が飢えずに済んでいるのだということと、自分と同じように女着物を着せられた男が大勢この裏吉原にはいて、自分と同じような汚らわしいことをして、男たちに尽くし、その見返りとして金をもらっているのだということだった。

柾木は今、裏吉原というところにいる。ここには身体を売る男たち百人ばかりが十軒ほどの郭のなかにいる。そして彼らを買うのは旦那ばかりだった。男遊女たちは、赤い格子の中から白く細い腕を差し出し、道行く男たちの情を求めているのだ。

「おい、そこのおめえ、花つけてやるよ」

今夜も誰かが柾木を、酔ったお戯れで名指ししてきた。

俺はいま、地獄にいる。

男に抱かれるたびに、そう思っている。

そしてこの地獄をどうしたら脱け出せるのか、皆目検討もつかないのだった。

第一章

……一……

柾木が産まれた時、おっかあはこの子はあまり長生きはできないだろうと思ったという。

田植えの時期で、猫の手も借りたいくらいに忙しく、おっかあは大きなお腹で無理して働き、そのため早くお産が始まってしまった。だから色が白く、細っこい赤ん坊が出てきたのだという。

「おまんは、十六になるっちゅうだに、まだろくに骨もしっかりできていんじゃん。白くてなよっとして。ほんなんじゃ、女と間違えられちもうど」

おっかあは何度もそう柾木にぼやいたが、どうしようもなかった。いくら友達と駆け回っても、相撲をしても、柾木の身体は一向に骨太にも黒くもならなかった。少し日に焼けることはあっても、何日かしたら白く戻ってしまうのだ。里の奴らは「白子《しろこ》」と、柾木をからかった。動物には、時々、真っ白で産まれてくるのがいる。そういうのは大抵身体が弱かった。柾木もあんまり白い赤ん坊だったから、これは大人になるまで生きられないかもしれないな、と、おっかあは思ったのだという。

しかしそんな柾木も十六になった。このお里では十六から大人とみなされる。おっかあも、ここまで大きくなるとは思わなかったと目を細めている。そして柾木や同い年の里の仲間たちは、春のさくら祭りのことで、頭がいっぱいだった。

十六になったら、さくら祭りに一晩中出ることを許される。子どもらが帰った後、若い男女がなにやら楽しげに呑み交わしていることを、柾木たちは前から知っていた。けれど、覗こうとすると、気づいた大人たちにすぐさま追い払われた。だけど、いろんな人たちの話から、何をしているのか、だいたいのことは、わかっている。嫁探しだ。隣のお里や江戸で知り合った女と夫婦になることもあるが、ここの男たちのほとんどは、ここのお里の誰かを嫁にする。誰と一緒になるか、一同に会して酒を呑み交わしながら、品定めをする場、なのだろう。

柾木には、一緒になりたい女がいた。

川沿いの家の三女、おみつである。

おみっちゃんは、柾木と同い年で、だから彼女もさくら祭りの夜には、あの宴に現れるはずだ。彼女がどの男の目にもとまらぬうちに素早く、柾木は彼女に嫁問いするつもりでいた。おみっちゃんと何か言い交わしたというわけではない。けれど、柾木には彼女以外は考えられなかった。幼い頃からずっと一緒に育ってきたし、それに、彼女は柾木のことをわかってくれている、そんな気がして、ほっとするのだ。

おみっちゃんは、働き者だった。朝早くから家の洗濯を手伝い、弱っているじっちゃんの世話をする。弟や妹の相手もするし、時には田畑に出て汗を流す。友達と遊び歩いてしまう柾木よりもずっと、彼女はえらい子だ。ものすごく綺麗というわけではないが、愛嬌のある顔をしているし、なによりいつもにこにこ笑っている。これから、じっちゃんになるまで共に過ごす相手なのだ。一緒に笑えるような子が一番いい。おみっちゃんだけは、誰にも譲るつもりはなかった。

彼女だって、柾木にまんざらでもないはずだ。道を歩いていると、呼び止めて何かと話しかけ、やれ髪に寝癖がついてるだの、着物が乱れてるだのと世話を焼いてくれる。道ばたでおみっちゃんに顔のよごれを拭いてもらっている柾木の姿を見かけた親友の光祐《こうすけ》は、にやにやしながら、

「おまんとうは、もう夫婦のようじゃんけ」

と話しかけてきた。その時のおみっちゃんは、頬を染めてもじもじとしていた。恥ずかしいような誇らしいような、あんな顔をするのだから、きっと自分に気があるに違いないのだ。

さくら祭りは、毎年、八幡さんの満開の桜の木の下で開かれる。

祭りでは、お里の大人たちが酒を飲み、歌を歌い、太鼓を叩き、鐘を鳴らし、花を眺めながらしたたかに酔う。柾木はその輪の中で、毎年、舞を舞っていた。おみっちゃんから桜の柄の着物を借り、それを打ち掛けのように羽織り、桜の花を髪に飾り、腰をくねらせ、しなやかに踊ってみせるのだ。

柾木は踊りを得意としていた。細く、あまり力もないので、駆けっこや畑仕事では、あまり目立たないけれど、踊り出したら、お里では右に出るものはいなかった。盆踊りでもそうだったが、さくら祭りでは、特にそうだった。最初はふざけて女着物を羽織ったのだが、あまりにうけるので、それからもう三年くらい、その晩だけは女に化けて踊っていた。

お江戸には、歌舞伎という、男が女の格好をする舞台があるのだという。だからなのか、柾木の女形も、老若男女からやんやの喝采をもらえるのだった。

周りをぐるりと山に囲まれ、真ん中が凹んでいるこのお里では、自分たちの土地をよく『盆の中』と呼んだ。周りの山々がまるで、お盆の縁のように見えるからだという。しかしその盆は、さくら祭りの時だけは、柾木には舞台に見えた。自分は大きな板の上で、山という観客に舞ってみせているのだ、そんな気持ちになることがあった。

ここは、いくつも山を越えて行かなくては海には出られない。決して暮らしやすいところではなかったが、この温かみのあるお里が好きだったので、四男坊ではあるけれど、ここを離れるつもりはなかった。どこか、誰もまだ手をつけていない土地を耕し、自分の家を持てばいい。そう考えていたのだけれど……。

おととしから、この村は日照りに見舞われ、田んぼが干上がり、畑の苗は枯れ、里のみんなの暮らしは、一気に厳しくなった。米のほとんどを年貢で持っていかれるから、ろくに残りやしなかった。それでも最初の年は、皆で笑いながらヒエやアワを食っていた。それが二年目になると、ヒエやアワさえも足りなくなり、誰もが腹を空かすようになった。そして迎えた三年目の今年、始めのうちはすくすくと苗も育ち、いよいよ豊作かと思いきや、刈り取りの寸前で雨と風が吹き荒れ、稲がダメになってしまった。

お里の皆が、あばら骨を浮き出させながら、厳しい冬を過ごした。木の皮を剥いで、それを鹿のように食らったものもいる。雪を食らったものもいる。飢えて死んだり狂ったりするものも出てきた。先の見えない食べ物のなさに、皆、気落ちしていた。でもそれも、春の訪れと共に、終わったはずだったのに……。

柾木は、さくら祭りに出ることができなくなった。

江戸に行くことになったのだ。

浅草の呉服屋に奉公するのだ。その話を決めてきたのは、おっとうだった。

「柾木、悪ぃな」

おっとうの話をまとめると、つまり、こういうことだった。

もうこの家では、食べるものがない。春先は山菜を摘んだりもできるから飢え死にはまぬがれそうだが、残っている食べ物もほとんどないので、かなり厳しいことになっている。こんなにひもじい時に、これから一番上の兄ちゃんの嫁が子どもを産むから家の中が手狭になる。赤ん坊にはひもじい思いをさせたくないし、もう、お前を江戸に出すしかないのだ、そう、おっとうは、言って聞かせた。

江戸なんて行ったこともない。この盆の中から出たことなどない柾木だったので、いきなりの話に面食らった。

頭の中に一瞬、おみっちゃんの笑顔が浮かんだ。だがすぐに打ち消した。

「わかった。俺、行くよ。お江戸に」

柾木はそう言った。そう言うしか、なかったのだ。おっとうに逆らって、俺はこのお里に残る、なんて言ったら、きっと困らせてしまう。だから、明るく笑って「楽しみだなあ」と続けた。

口入れ屋はもう、明日迎えに来るのだという。口入れ屋というのは、いわゆる人買いだ。去年は上の姉のおきよが、口入れ屋に世話され、江戸に出ていった。今は、浅草のまんじゅう屋でつとめているという。姉ちゃんがいるのだから、初めての江戸も、怖くはない。困ったことやわからないことがあったら、姉ちゃんを尋ねて行けばいいのだから。

だいじょうぶだ。

柾木は自分に言い聞かせた。

なんとかなる。

今までも、心の中で何度となく唱えてきた言葉だった。

深い川を渡る時も、イノシシに追いかけられた時も、だいじょうぶ、だいじょうぶ、なんとかなる、と自分に言い聞かせて乗り越えてきた。今度だってなんとかなるに違いないのだ。

「わりぃなあ」

おっとうは、そう繰り返した。

「なにが悪いもんか。俺、いっぺん江戸に行ってみたかったから、いいさ」

柾木はにっこり笑った。

柾木のお里はよく日が当たる。朝は早くから山の向こうにお天道様が顔を出し、日がな一日畑を照らしてくれる。けれど、この里よりさらに上に登っていったところにある隣の里は、命すら危うい暮らしだという。こないだ庄屋さんとこで捕まっていた男も、骨の上にほとんど肉がついてないくらいに痩せ細り、凹んだ目だけがぎろぎろとしていた。

飢饉が始まる前のことだったが、柾木は上のほうの里に、おつかいに行ったことがある。上の里は、崖や木々の影になっていて、薄暗かったし、こっちの里より土地も木も痩せていた。そしてカラスが何羽もばたばたと飛んでいた。なにかぞうっとしたのを覚えている。

上の里では、〝まびき〟が始まった、と誰かが言っていた。どこまでほんとうかはわからないけれど、家のものを間引く、つまり、数を減らすのだ。ある家では生まれたての赤ん坊を川に流し、ある家ではじっちゃんを崖から落とした。お産の近いおっかあが川に身を沈めて赤子を流したという話も聞いたことがあるし、一番小さな弟を絞め殺してるのを見た、なんていう人もいた。その肉すらも食ったという、ぞっとするようなことを語る人もいた。

飢饉の前までは、上の里の人たちと、もっと行き来があった。祭りを一緒にしたり、食べ物をおすそわけしあったりもした。けれど今、ほとんど関わりがない。二年ほど前、上の里のものが、祭りに備える食い物がない、と加わらなくなり、それっきりだという。神さんにあげるもんまでないだなんてとその時は驚いたが、今ではこの里ですらわずかなものしか差し出せない。上の里はほんとうに苦しかったのだろう。そして今は、もっと苦しいのだろう。

俺は、殺されるんじゃねえ、ちゃあんと江戸に出してもらえるんだ。

柾木は妙に誇らしい気持ちだった。おっとうもおっかあも、俺を生かしてくれているし、俺のこれからのことも思ってのことだろう。おっかあはこう言った。

「ここらで畑をやるのもいいだけんど、江戸で何か商売をしたほうが金になるら」

このお里では、自分たちでネギやいもを作り、それを食べる。だから金がほとんどいらない。けど、江戸で金のこしらえかたを覚えてくれば、何かと役に立つだろう、とおっかあは言った。

「ほうだな。儲けかたも教えてもらってくるさ」

柾木は頷いた。

……二……

おっかあは、死んだじっちゃんの着物をほどき、柾木の着物を作り直してくれた。品のいい深緑色の着物。これならば江戸に出ても恥ずかしくないら、と、おっかあは、淋しそうに笑った。江戸に行くには、ここから盆の外に出て、山を越え、峠をいくつも通る。男の脚で三日はかかると言われている。知らないところに行くのだ、そこでひとりで生きていくのだ、と考えると武者震いが起きた。おきよ姉ちゃんは、女なのに、よくきっぱりと出て行けたなと思う。女の脚で峠越えは、えらいことだったらに。

話は柾木の知らないところでどんどん進み、おっとうから奉公の話を切り出されてから七日後には、お里を発つことになった。特に荷物もないので、出ていくまでの七日間は、何をすることもなく、たぶん、いつも通り、淡々と過ぎていくに違いなかった。

それにしても奉公、とは、何をするものなのだろう。

このお里から江戸に出ていく男は年にひとりかふたりはいるものだけど、皆、江戸に出たら、ここには戻って来なくなる。それほどに江戸は楽しいところなのかと思ったが、そうではなく、おつとめが忙しく、こっちまで戻る暇もないのだそうだ。

奉公は期間が決められている。三年くらいのものもあれば、中には十年なんてものもある。その間、奉公人は一銭ももらえない。なぜならばおつとめしてもらえる金を、実家に前払いしているからなのだ。奉公人は、実家がこしらえた借金を、何年もかけて、丁寧に返していかなくてはならない。貧しい家にとって、子どもを奉公に出すというのは、子どもを質に入れるというようなものなのだ。そして柾木の家もまた、口入れ屋から前金を受け取っている。

柾木はどんな仕事でも、喜んで働くつもりだった。

外働きは、あまり向いてないかもしれないが、家の中のことなら、丁寧に上手にできるけれど、どんなことを言いつかるのだろう。何も知らない柾木に、奉公のことを教えてくれたのは、一番の友である、光祐であった。

「奉公け？　ほりゃ、下男のことさ」

光祐は何でも知っていた。このお里にいるにはもったいないくらいに、彼はよく本も読む。寺子屋でも一番ばかり取っていたし、大人とも話ができて、勉強のことだけじゃなく、幅広く、物知りだった。同い年とは思えないくらい落ち着いていたが、柾木らと遊ぶ時は、はしゃいで、普通の子どもの顔を見せた。そして光祐は、やっぱり、奉公のことも知っていた。

「奉公は、〝下男〟とも言うだよ」

「げなん？」

わからない言葉ばかりが出てきて、柾木は首を傾げた。

「このお里にはほういうのはいないからなぁ」

光祐はにこりと笑って、詳しく教えてくれた。

「つまり、大きな店に住み込んで働くということさ。おつかいや、掃除や、店番や、とにかくいろんな手伝いをするだよ。年季が明けるころにはおまんも、一人前の商人になってるらな」

白い立派な歯を出して光祐は笑った。しかし光祐から教えてもらっても、柾木はまだ戸惑っていた。おつとめしている時はどこに寝るのだろう。休みの日はあるのだろうか。

「ほういうこんは、店によって違うと思うから、自分で聞いてみろし」

こいつは、俺の持ってないもん、全部持ってる。柾木は時々そう思うのだった。江戸に行くと決まってからは、尚更だった。何しろ光祐はこのお里で一番金持ちの庄屋さんとこの次男坊なので、持ち物も食い物も皆とは違った。紺色の厚手のいい着物に、どうやって織るのかわからない綺麗な格子模様の入った帯で正月に歩いているのを見かけた時は、自分の紐で結んでいるだけのぼろの着物と見比べて、声をかけるのをためらったほどだった。

この光祐は、寺子屋では一番できたので先生の代わりに皆を教える日もあった。だからなのか、同い年とは思えないほどしっかりしている。しっかりしているのは頭だけではなく、身体もそうだった。魚売りから買った魚を焼いて良く食べているからか、肩の肉がごりごりと身体から盛り上がっているくらいに立派だった。駆けっこも速いし、相撲でも誰にも負けない。誰にも勝てない柾木とはまるで正反対だった。

女のように白くて弱い柾木と、男らしくがっちりとした光祐。

全く違う見かけのふたりだったが、なぜかひどく仲が良かった。柾木が光祐を頼ってついていっているのではない。むしろ光祐のほうが、かまってくるのだ。

「……柾木！」

光祐の太い声で呼ばれて、柾木は、はっとして彼のほうを見た。

「おい、聞いてるだか。おまんはよくぼうっとして人の話を聞いてないが、ほんなんじゃ怒鳴られっぞ。ちゃんと奉公先の言うことを聞くだよ」

「あ、ああ、わかった」

柾木は弱々しく笑った。話を聞けば聞くほど、こんな自分につとまるだろうかと心配になってくる。家の畑の手伝いでさえ、しょっちゅう間違えてはおっとうに叱り飛ばされているような自分に、奉公なんて、つとまるのだろうか。

「ほんで、おみっちゃんにはちゃんと別れを言っただか」

「いや、まだ」

「なんでぇ、だめじゃん。ほういうこんは、ちゃんと言っとかんと。おみっちゃんも淋しがるら」

「あ、ああ……」

そうは言っても、何をどう言ったらいいのかよくわからなかった。おみっちゃんには、さくら祭りの時に嫁にしたい、と切り出すつもりだった。けど、江戸に行くことになってしまったのだから、どう言ったらいいのかわからなくなった。何年で奉公が終わるかわからないが、その間はおみっちゃんを待たせてしまうことになる。それは彼女にとっていいことなのかどうか、柾木にはわからなかった。

「おみっちゃん、待っててくれるら。柾木のこん、好きなんだから」

光祐は自信ありげにそう言うが、何年も待たせるのは気の毒だった。そんなことなら、誰かよその男と一緒になって早く子を産んだほうが、おみっちゃんの幸せかもしれないからだ。

「いくじなしだなあ、おまんは」

柾木の背中をばんと叩いて光祐は笑った。

「あとで悔やんでも知らんど」

柾木はそれでも、おみっちゃんにちゃんと話をする気には、なれなかった。

俺はお江戸に行く。いつ帰ってくるかわからないし、商人になるからもしかするとお里に戻らず、江戸でずっと暮らすかもしれない。自分がどうなるかもわからないのに、ついて来いなんて勝手なこと、言えるわけもなかった。


……三……


くよくよしているうちに、もう、お里を発つ日が来てしまった。

「昼過ぎに口入れ屋さんが来るっちゅうから、支度しとけ」

おっかあはそう言うと、せっせとヒエにぎりを作ってくれている。米よりも小さい粒が、ぎゅっと固まり、まるで銀シャリのように輝いている。ヒエは一番米に似ていて、味もまろやかだから、柾木は大好物だった。おっかあはそれを知っているから、残り少ないヒエを柾木に握ってくれているのだった。

「ちっと、歩いてくる」

「ああ。当分見れんだから、よーくお里を見とけ」

柾木は外に出て、川べりへと真っ直ぐに向かった。おみっちゃんちがそこにあるからだった。もし彼女が洗濯で川に出ていてくれたのなら、今日お里を発つのだということを、うまく告げられるかもしれない。そう思ったのだけれど、川には誰もいなかった。

「……柾木!」

と、おみっちゃんちの納屋の影から、白い手がひらっとこちらを手招きしているのが見えた。行ってみると、納屋の入り口に、彼女が立っていた。

「おみっちゃん、俺」

柾木が切り出す前に鋭く、彼女が言った。

「お江戸に、行くだってね」

「……誰から聞いた」

「光祐だ」

「あいつ……!」

柾木の脇に、冷や汗が滲んだ。気を回し過ぎだ。だから彼女もここで自分を待っていてくれたのだろうか。

「待っててくれただけ」

「……だって今日しか会えないと思ったから」

おみっちゃんは頬をぽうっと染めた。彼女の頬の桜色を柾木はとても美しく愛おしく思った。

「いつ奉公が終わるか、よくわからんだよ。普通は五年ぐれぇつこんだけど」

「五年……」

おみっちゃんは、ぽかんとした顔で柾木を見た。あまりに遠すぎて、想像もつかないのだろう。柾木にだって、そうなのだから。

「五年経って、お里に戻ってきたら、おみっちゃんは、誰かの赤ん坊を抱っこしてるかもな」

つとめて明るく話しかける。おみっちゃんと離れることを淋しがることすら柾木にはできない。何も、言い交わしても、いないのだから……。

「ひどい」

おみっちゃんは、柾木の肩をぺちっと叩いた。

「だってほうずら？　五年もしたら、赤んぼくれぇ産んでるらに」

「柾木、ひどい」

不意に、自分のみぞおちあたりに何か黒く丸いものが飛び込んできた。

それは、おみっちゃんの頭、だった。

「おみっちゃ……」

「私、待っててちゃだめけ」

顔を上げず、彼女は柾木の胸元で震えている。

「待ってるって……俺を?」

おみっちゃんはこくりと頷いた。

「待つには長過ぎら。五年で戻れっかわからんっちゅこんだから」

「待ってる」

顔を上げたおみっちゃんの唇が、ひどく近かった。

柾木はそっとそれに唇を重ねた。

夢のような、このまま止まってしまえばいいと思えるような満ち足りた時だった。

「……ときどき、帰って来るけ?」

「ああ。盆や正月には休みがある」

「じゃあ、待てると思う」

おみっちゃんは、きらきらした目で柾木を見つめた。

「江戸には、綺麗な女の人がいっぱいいるらね」

「知らん」

「きっといるさ。でも、他の人によそ見しちょし」

「ああ、だいじょうぶさ」

「きっとだよ」

おみっちゃんは、抱きついてきた。

江戸に行くということが、むしろ、遠慮がちだったふたりの仲を一気に近づけてくれたようだった。柾木はふたたび、おみっちゃんの唇を吸った。女の唇というのは、こんなにも柔らかくて甘ったるいものなのか、と驚いてしまう。惚れ合った男と女が唇を吸い合うというのは前からわかっていたけれど、自分から吸いたいとこんなに求めるものだとは、思ってもいなかった。

昔、畑でもぎたての桃を食べたことがある。どこかの家の畑で育ったものだった。あの時と似ている感覚だった。みずみずしくて、味わいぶかい。そして桃の時と違って、胸がほかほかとしている。おみっちゃんも俺のことを想ってくれている。それがわかる。

それからどのくらい、唇を重ね合い、抱き合っていたのだろう。時がわからないような、そんな気分だった。

ひたすら、惚れた女の口を吸っているうちに、ふたりの息が荒くなり、口吸いだけではなく、もっと近くなりたくなっていた。柾木の胸の少し下あたりに、ふんわりと優しい感触が当たっていた。それは、彼女の乳房だった。

それに触れたい、と思ったのと、触れてもらいたい、とおみっちゃんが思ったのと、ほぼ同じだったかもしれない。

彼女は柾木の手を取り、着物の襟元の中へと誘った。

「さわって……」

気が遠くなるような柔らかさが、そこには在った。

空の雲のようにふわふわとしていて、頼りなく、それでいて、柾木の指が押すと、跳ね返してもくる。

「さわって、もっと、いっぱい」

すがるような声を、おみっちゃんが出す。

柾木は夢中で手のひらを大きく広げると、彼女の弾む丘を掴んだ。そして夢中で揉みしだく。

「……あっ」

低い声で、彼女が啼いた。

ひどく気持ちがよさそうな声だった。

この女は、俺のものだ。

そんな声が、胸の内から聞こえてきて、彼女の着物を脱がしたくてしかたなくなる。

「……納屋の中に行こ」

潤んだ目のおみっちゃんが囁く。

けれど、そこまでだった。

「誰で？　そこに誰かいるだけ？」

おみっちゃんの父親の声がして、ふたりは慌てて身体を離した。

「私。片づけをしてるの」

震える声で答えたおみっちゃんに、父親が怒鳴った。

「何してるだ。めしを作らんか！」

「はあい」

おみっちゃんは、柾木に向かい、哀しそうに微笑んだ。

「この続きは、柾木がお里に戻ってきた時にな」

「ああ……」

「これ……」

おみっちゃんは、そっと頭のかんざしを外した。

真っ赤な球がひとつ付いた、このお里ではなかなか珍しい品だった。おじさんが浅草見物に行った時の土産なのだという。

「これ、お守り」

彼女はそう言って、かんざしを柾木に押しつけた。

「私だと思って、大事にしてくりょうし」

「いいだか? これ、おまんの宝もんらに」

「いいだよ。宝ものだから、柾木に持っててほしいだよ」

そこまで言って、

「じゃあ、またね」

と、おみっちゃんは、ぱたぱたと家に戻って行った。

またな、と言ったものの、次に会えるのは、いったいいつなのだろう。

盆と正月は休みらしいが、正月は雪のある山道を越えて戻るのは難しいだろう。ということは、年に一度、お盆の時だけということか。柾木は自分の手のひらを見下ろした。たった今、おみっちゃんの白い乳房がこの手の中に納まっていた。いくらいじっても飽きないくらいの、何ともいえない触り心地だった。そして、いじっている時のおみっちゃんの顔が、ひどく恥ずかしそうで、胸がじんとした。次にあんなことができるのは、お盆だというのだろうか。今日まで毎日のように顔を合わせ、一緒に育ってきただけに、離れる、ということが、どうにも想像がつかなかった。

……四……

　夢見心地で家に戻ると、おっかあが着替えとにぎりヒエの入った小さな包みを渡してくれた。おっかあの指は細く、しわしわだった。いつも「おっかあは腹がへってないよ」と言って、子どもらにめしを分けてくれていたが、本当は腹が減っていたんじゃないのか、と、この指を見て柾木は初めて気がついた。自分が食べるのに夢中で、おっかあがこんなに痩せていたこともわからないままだった。

「口入れ屋さんが来たんだけど、庄屋さんに挨拶に行ってるさ。すぐ戻ってくるっちゅうから、中で待ってろし」

「いや、外で待つよ」

　柾木はそう言って、家の中を見回したが、家のものは、おっかあ以外はいなかった。

「みんなは」

「畑が荒らされてるっちゅこんで、みんなして畑に行っただよ。もう柾木が行っちまうっちゅうのに。呼んでくるけ」

「いや、いいよ」

柾木は唇を結んだ。兄ちゃんや、おっとうやみんなに見送られて出かけるなんて、なんだか泣いてしまいそうだったからだ。

「俺ひとりでいいから。おっかあも、畑行けし」

「でも」

「いいから」

「ほうけ」

おっかあは少しためらっていたが、いてほしくないという柾木の気持ちを察したらしく、

「いいけ、身体には気をつけるだよ」

と何度も言って出ていった。おっかあは泣いていた。最後におっかあは言った。

「柾木。悪かったなあ。悪かったなあ……」

「いいさ。俺、一度、江戸に行ってみたかっただから」

「あっちでは、おまんまを毎日くれるだと。だからおまん、飢え死にはしないな」

そう言ったのに、おっかあ、泣くばかりで、最後には背をくるりと向けて、去って行った。

柾木は家の戸の前で、口入れ屋を待ったが、なかなか現れない。暇なので、懐から赤いかんざしを取り出し、空を眺めながら、おみっちゃんとの口吸いを思い出していた。

「……柾木！」

また、光祐の声がすぐ近くでした。

えらく息をぜいぜいさせている。

「なんだ息切らして」

「遠くからおまんが見えたから、もう行っちまうんじゃないかと」

光祐は柾木の肩をがっ、と強く掴んだ。

「よかった、まだ、いた」

「なんだよ、そんな、またすぐ会えるさ」

「いや、ほうじゃなくて、俺、おまんに言っておきたくて」

「……ん？」

「俺な……、俺も、江戸に行くことになっただよ」

「光祐が？」

「ああ。俺な、江戸の医塾に行くことになった」

「医塾か！　おまん、お医者になりたいって言ってたじゃんな」

「ああ。ほんで、おっとうに話して、上野の医塾に行かしてもらうことになっただよ」

「ほうけ！」

「柾木、また、お江戸で会おう」

光祐は瞳を輝かせながら、そう言った。江戸で幼なじみと過ごせる。柾木は嬉しくてならなかった。途端に、江戸に向かうことへの怖さも吹っ飛んでいった。

「……なんでえ、ほれ」

めざとく、光祐が握っているかんざしに気がついた。

「ああ、これけ。かんざしさ。そこでおみっちゃんが、くれただよ」

「ほうけ」

光祐はにやついている。

「光祐。おまん、おみっちゃんに俺のこん話したら」

「ああ。ほうでもしんと、おまん、おみっちゃんになんも言えずに行っちまいそうだったからな」

「余計なこんして」

「いいじゃんけ。ほれもらっただから、いいことあっただな」

「ああ。まあな」

「よかったじゃんけ」

「ま……ありがとな」

「柾木」

ふっ、と、大事な友が遠くに行ってしまいそうな気がして、光祐は呼びかけた。

「柾木、江戸に行っても、あんま染まりすぎんじゃねえぞ」

「何言ってるだ」

「江戸にはいいもんもいっぱいあるけんど、悪いもんもいっぱいあるっちゅうじゃん。いいことのほうに染まんならいいけんど、悪いことのほうに染まんじゃねえぞ」

「だいじょうぶだ。俺は悪さする暇もないほど働くだから」

「ほうけ。けんどあんまり無理しちょし。おまんは身体が強くないだから」

「そっちこそ、あんま心配《しんぺえ》しちょし」

柾木は笑ったが、胸元からちらちら見えるかんざしといい、自分の知らないところに柾木が行ってしまいそうな気がして、光祐は妙に焦った。今までずっとこいつとは一緒だった。これからも一緒にいるつもりだったのに……。

よし、おっとうに頼んで、出来るだけ早く、江戸に出してもらおう。さくら祭りが終わったらすぐにでも江戸に向かおうと、光祐は心に決めた。

「あ、迎えが来たみたいだ」

柾木が嬉しそうに音がしたほうに顔を向けた。

そこに、ざっざっ、と、山道を歩き慣れているらしい男の、はっきりとした足音が近づいてきた。鋭い目で、値踏みするように柾木をじろじろと見ている。この男が口入れ屋だ、と柾木はすぐにわかった。

「あの。柾木です。よろしくお願いいたします」

「これはどうも。いいお顔をしてらっしゃる」

「え？」

「いえね、江戸の人は綺麗なものが好きなんです。綺麗な顔をしていると、いいことがあるんですよ」

口入れ屋は意味ありげな笑みを浮かべ、さあ、と柾木を促した。

「よろしくお願いします！」

柾木が頭を下げると、一緒になって光祐も礼をした。

「あの、柾木のこん、よろしくお願いします。こいつ、細っこいけど、よく気がきくいい奴なんで」

口入れ屋は柾木と光祐を交互に見比べて、落ち着いた笑みを浮かべた。

「ええ。もちろん。大事に江戸までお連れしますよ」

「ありがとうございます！」

光祐は、姿が見えなくなるまで手を振って見送ってくれた。

「柾木、がんばれし！　がんばれし！」

大声で柾木の背中に声をかけてくれた。

柾木は一歩ずつ、お里が遠くなるにつれ、なんともいえない淋しさを味わったが、これから先、江戸という大きな街で、いったいどんな日々が待っているのだろうと考えると、その淋しさも薄らいだ。

一所懸命おつとめして、立派な商人になろう。

そしておみっちゃんに似合いの着物を用意して、嫁にするのだ。

浅草の呉服屋を目指し、柾木はまだ少し雪の残る峠を登っていった。

峠を登り切ると、遠くのほうに、不死の山が見えた。

不老不死の薬がそこに隠されているから、不死の山と言われているんだと、じいちゃんが昔、教えてくれた。不死の山は、お天道様の光を浴びて、つやつやと光っていた。柾木はまるで自分のこれからを祝われているかのような気がして、なお張り切って歩き続けるのだった。

けれど柾木が辿り着いたのは、明るく日が射すような場所ではなかった。

柾木は、江戸で、赤い格子の中に閉じ込められてしまったのだ。

第二章

……一……

江戸に着いた柾木は、あまりの人の多さに仰天した。

なんだここは、どれだけ人がいるのだろう……。

右を見ても左を見ても、急ぎ足の人がうようよいて、真っ直ぐ歩くことすらままならない。

今日は何かの祭りなのかと思ったら、そうではなく、いつもこんな感じなのだという。

街道をいくつも歩き、浅草という目指す街にやっと着いたが、ここまで大きい街だとは思ってもいなかった。

「あの、まんじゅう屋は、どこなんでしょう。姉ちゃんが浅草のまんじゅう屋で働いているんです」

柾木は口入れ屋に尋ねた。

「おまえなあ。浅草にまんじゅう屋なんて百はあるぞ。店の名前がわからなきゃ無理だ」

「そんな……」

お里だったらまんじゅう屋といえば、一軒しかなかった。浅草だけで百はあると聞いて、柾木はくらくらした。頼りにしようと思っていたのに、どうも、姉を見つけるだけで、何日もかかってしまいそうだった。

口入れ屋は、浅草の観音様の脇道をお参りもせずに通り過ぎ、すたすたと、上手に人を避けながら、奥へ奥へと進んで行く。いったいどこまで人がいるのだろうと呆れながらついていくと、やがて、大きな柳の木の向こうに門番が見張りをしているところが現れた。門を入る男たちをじっと見張っている。このあたり一帯はお堀のように黒いどぶで囲まれている。ひどく黒いのはどういうわけなのだろう、と柾木がそれに見入っていると、

「早く来い」

と口入れ屋に促された。

そしてその黒いお堀の上に渡された橋を渡ると、柾木が今まで見たこともなかったような、派手な世界がそこにあった。

着飾った女たちが、右と左の家々の中に、ずらりと並んでこちらに微笑みかけてくる。

「なんですか、ここは」

柾木は焦って口入れ屋に尋ねたが、彼は返事もせずにさらに進んでいく。

「ねえ、ちょいと、そこの若いお兄さん」

「あたしと遊ばない？」

赤い格子の中の女たちが、口々に柾木を誘う。中にはキセルの煙をくゆらせている女もいる。彼女らは赤や桃色のけばけばしい着物姿だ。

これはただの女ではない。

どう答えていいかもわからなかったので、柾木は身を縮めるようにしてその通りを過ぎようとした。すると左の格子の中から、

「柾木！」

と誰かが叫んだ気がした。聞いたことがあるような声だったのでそちらを向いたが、そこに見知った顔を見つけることはできなかった。

「おい、止まってるんじゃねえぞ！」

口入れ屋に叱られ、柾木は慌ててその場を離れたが、聞き違えにしても不思議な偶然だった。

「あの、今の綺麗な女の人たちはなんなんですか？」

「お前、知らんのか。そうだよな。山から出たことないっていってたもんなあ」

「……はい」

「あれはな、吉原の遊女たちさ」

「吉原の……ゆうじょ？」

「ああ。一晩のお相手をしてくれる姉ちゃんたちさ。おまえももうすぐ、わかるよ」

「もうすぐ……？」

「さあ、ここからだ」

「あの、呉服屋はもうすぐなんですよね」

「呉服屋？」

「ええ。奉公先の」

「ああ、そこな。もうすぐさ。たいしてかからねえ」

男はそう言ったが、柾木にはわからないことだらけだった。

呉服屋に行くのに、なぜこのようないかがわしい、何もかもが真っ赤な場所を通らねばならないのか、そして、この先に何があるのか……。

先ほどの大門よりもずっと小さな門に辿り着くと、やはり門番が一人座っていた。口入れ屋が二言三言囁くと、頷き、門を開けてくれた。

門の向こうには何があるかと思ったが、扉の先もまた、赤い格子のついた建物が広がっていて、遊女たちがその中に座っている。そして同じようにキセルを差し出し、誘ってくる。

「お兄さん、ちょいと、遊んでかない？」

「うちと、いいことしようよ」

言葉は同じなのに、柾木はその声にはっ、とした。

どの遊女の声も、ひどく低い。まるで男のようだ。

いや、男だ。

肩もがっちりしていて、はだけた胸元に膨らみがない。

「こ、ここは……？」

見てはいけないものを見てしまったような気がしておののく柾木に、口入れ屋は一軒の見世を案内した。表には「櫻木屋」とある。見世の入口のすぐ脇に、赤い格子窓付きの部屋があった。

「あの、ここは呉服屋じゃないのでは……」

「うるさい、話は入ってからだ」

そう押し切られかけた時、中から鬚面の男が出てきた。年は柾木の父親と同じくらいだろうか。

「おう、悪ぃな、今からちっと始めるから、そこで待ってな」

そう言って、おやじは中から何かを招き寄せている。

ぞろぞろ出てきた連中を、柾木は呆気に取られて見つめた。

「え〜、みなさま、お待たせいたしました。櫻木屋・紫野《しの》によります男おいらん道中にございい」

行列はゆっくり進み始めた。

鈴の音、鐘の音、お里にあったものとはまるで違う幽玄の色がいくつも重なり合っていく。

その音に合わせて、しずしずと、列が進んでいく。先頭に女の子のような長めの髪の男の子がふたり、それからひとりの男遊女が高下駄を履いて現れた。いや、ただの男遊女ではない。頭に金のかんざしが何本も刺さっている。あれは格の高い人なのだろう。周りに肩を貸す若衆や大きな傘を持つ若衆を伴って、きりりと前を向いている。

そしてその人は……ひどく美しいが、肩幅があり、背が高い。

だがまるで観音様のように、神々しい。

辺りに集まった物見遊山の男たちもどよめいていたのが、今はしんと静まっている。

その観音様のような男遊女と、柾木は目が合った。

あまりに凛とした目線に、全身がぽうっとなる。

すべてを見透かされたかのようで、胸がどきんどきんと鳴った。

その後にぞろぞろと続く、花模様などの艶やかな着物姿の男遊女たちは、どれもこれも、女と呼ぶには少し線が太かった。

「どうして男があんな」

「さあな」

にやりと笑う口入れ屋に、おやじが声をかけてきた。

「ささ、おふたりとも、中へどうぞ」

口入れ屋は部屋へと上がっていく。柾木もわけもわからず後についていった。

・・・・・二・・・・・

通された部屋の中で、おやじは舐めるように柾木の全身を見回し、相好を崩した。

「おい、こいつは上玉じゃねえか」

「へえ。真っ先に櫻木屋さんへとお持ちしました」

「ありがとな！」

口入れ屋はおやじから金を受け取ると、柾木に、

「じゃ、頑張れよ！」

とだけ言って、さっさと行ってしまった。慌てて追いかけようとしたが、

「おいおい、おめえは今日からうちのとこの子だよ。断りなしに出かけることはできねえ」

とおやじに止められた。

このおやじは櫻木屋という男遊郭の主人なのだという。

そして、おやじは、ここはどこで、柾木は何をすればいいのかを教えてくれた。

「ここは、裏吉原だ」

「うら……吉原？」

「そうだ。吉原はな、遊女がお客様と遊ぶだろう？　裏吉原は男遊女がお客様と遊ぶのさ。大したことじゃねえ、綺麗にして笑ってれば、それでお客は大だくさんなのよ。大勢客を取れば、それだけ早く年季も明ける。おめえはなかなかのツラだから、きっとすぐに花がつくさ」

「待ってくりょうし、俺、浅草の呉服屋の奉公っちゅこんで、江戸に来ただよ」

「そりゃいきなり裏吉原で男遊女になれと言われてもわけわかんないだろうからね、物は言いようさ」

「俺は……騙されたっつこんけ」

「人聞きの悪いこと言うんじゃねえよ」

「俺、帰ります。こんなつとめ、とてもできん」

「帰るだと?」

　おやじが立ち上がり、部屋の隅にあった棒で柾木を殴った。

「帰るんなら、おまえの里に払った金を耳揃えて返してからにしやがれ!」

「おっとうやおっかあも騙しただな?」

「騙してねえよ。おまえのおとっつぁんも承知のうえよ。舞がうまくて色っちろいのがいるから連れてってくれって、向こうのほうから言ってきたっていうじゃねえか」

「そんな……」

　柾木の頭に、別れ際のおっかあの姿が浮かんできた。おっかあは何度も何度も別れを惜しんできた。盆には帰るっつうのにと柾木が笑っても、それでも何度も謝ってきた。おっかあは、泣いていた。あの涙は、何もかも知っていた涙だったのだろうか。

「おまえらはな、他の奉公みたいに盆正月にも帰れないんだよ。帰ったら最後、こっちに戻っちゃ来ないのが、わかりきってるからな。それまでは、ずうっと、ここでおつとめさ」

　柾木は何も言い返せなかった。おやじに告げられた、柾木がここで稼いで返さなくてはならない金は、途方もない額だった。いったいどのくらいの年月がいるのかも、見当もつかないほどだった。

「男遊女遊びは、売れっ子になればかなり稼げる。せいぜいおつとめに励むんだな」

「おつとめって……どうすればいいんです」

「それは、これから先生が教えてくださる」

「先生……？」

「ああ。宗次郎先生は、初物がお好きでなあ。おまえが来るのをお待ちかねだよ」

柾木はおやじに怒鳴られるままに、わけもわからず真っ赤な長襦袢を身に付けた。まるで女みたいなその姿で柾木が連れていかれた部屋には、がっしりとした体つきの、柾木よりも十歳は上であろう立派な身なりの男がひとり、そこに座っていた。宗次郎先生といって、医者をしているのだという。眉が太く、きりっと結んだ唇はひどく気難しそうにも見えた。この先生は江戸で名が知れていて、大勢の人の命を助けてきたえらい方なのだという。柾木は男の隣に座って女みたいに酒を注ぎ続け、勧められれば呑んだ。やがて、身体がぽっぽと熱くなった頃、先生は柾木の長襦袢の結び目を解いた。

「あっ」

慌てて身頃を合わせて肌を隠そうとしたが、先生に制され、布団の上に倒される。

「よしてくりょう。俺、女も知らんだよ」

「そりゃあいい。じゃあ、男を教えてやろう」

宗次郎が着物を脱いだ。彼の身体の真ん中には、そり返っているものがあった。

「力を抜いて、いい子にしていてごらん。痛くないようにしてやるから」

先生は、柾木の口を吸った。

あの時、おみっちゃんの口を吸った時には、桃のような味がしたのに、今は、刃物のような味がした。宗次郎が強く吸うたびに、柾木の中の何かが壊れていくかのような気がした。彼はそのまま、柾木の身体中を吸ったり舐めたりして、どこもここもびくびくとさせた。熱くてぽっぽっと火照った。

その夜、柾木の真っ白い身体の真ん中を、宗次郎が貫いた。

瞬間、柾木は甲高い悲鳴をあげた。身体が引き裂かれるような痛みが走ったのだった。

宗次郎は柾木の胸をまさぐり、胸に付いている小さい粒をしつこく舐めた。そしてそのまま、腰を波打たせてきた。

「うう……ッ」

いつのまに転がったのか、襦袢を剥がされた時だったのか、畳の上に赤いかんざしがあった。

「ふん。お里の女がくれたのかね」

宗次郎先生は鼻で笑い、それを柾木の髪に突き刺した。

「いいね。男遊女らしくなった」

そう囁きながら、宗次郎先生のものも、柾木の中に突き刺した。

「俺にはできん、できんだ」

　抵抗すると、宗次郎先生にたしなめられた。

「吉原の女が皆辛抱しているのだから、男が辛抱できなくてどうするんだ。大したことじゃない。慣れれば、よくなるよ」

　柾木は震えながら、何度も頭の中でその言葉を繰り返した。

「た、大したこんじゃねえ、男が辛抱できんでどうする……どうする……」

　宗次郎先生のものは、柾木の奥の奥まで入り込んできた。声にならない声をあげながら、柾木はひぃひぃと、ただ彼のものを受け止める。

（大したこんじゃねえ、大したこんじゃねえ）

ただひたすら、その言葉を頭の中で回していた。

　宗次郎は、ゆっくりと男棒を引き抜いていく。やっと終わったのか、と思ったら、そうではなかった。今度は一気にずどん、とまた、奥の奥まで貫いてきた。

「あうう、おみっちゃん！」

「おみっちゃん……？　ああ、かんざしをくれた子の名かい。いいよ、いくらでも呼びなさい」

　宗次郎は腰の動きを止めずにそう言った。

「ううう、おみっちゃん、おみっちゃん……！」

宗次郎に胸を撫でられ、無理矢理揉まれるたびに、柾木はお里でのおみっちゃんの柔らかい胸の心地を、思い出してしまう。

あの時俺は、触るほうだったらに。

どうして今、俺は、男に触られてるだ。

わからなすぎて、のみこめなくて、ただ、柾木は痛みに歯を食いしばるしかできなかった。

この夜、柾木は、宗次郎によって、男遊女となった。

そしてこの日から、柾木は櫻木屋でおつとめをすることになったのだった。


今、柾木は、毎晩、赤い格子の中で、さらし者になっている。そして通りかかった誰かに目をつけられたら、「花がつく」と言われ、二階の小さな部屋で、ひとつ布団で一緒に寝る。もちろん寝るだけで済む客は少なく、当然のように柾木と深いつながりを持ちたがる。目をつぶって、彼らを受け止め続けているけれど、「愛想がない」と面白くなさそうに客は帰って行き、そして二度と姿を現さない。だからおめえの客は、おかわりに来ないじゃねえか、もっと尽くせ、とおやじに殴られる。

今夜も、棒で打たれた背中が痛むなか、張見世の中で、柾木は座っている。

おみっちゃんにはもう当分、会えないのだろう。盆にも正月にも、何年も帰れないのだろう。

彼女はどこまで待ってくれるだろうか。しばらくしたら、戻って来ない柾木に愛想を尽かして、他の男とできてしまうに違いない。あの子だって生きていかねばならないのだし、それには男手が要るのだから。

柾木は今、赤い地獄にいる。赤い格子が柾木を磔にしている。

……三……

柾木が赤い牢に閉じ込められているということなどまるで知らない光祐は、江戸の医塾で皆に挨拶をしていた。医塾は黒壁の大きな家で、一階が医院と医塾、二階が医塾生の下宿となっている。光祐は荷を二階にまだ置かないうちから、先に学んでいる塾生たちにお辞儀を繰り返した。

「あの、今日から医塾に入りました！　どうぞよろしくお願いします」

しかし他の数人の彼らは何か道具らしいものに夢中で、光祐の声にすら気づかない人もいる。勉学に本気で励むというのはこういう姿なのかと感心していると、突然髭面の塾生にこう命じられた。

「きみ、ちょっとここに座ってくれたまえ」

「……はい」

何やら筒のような道具を持ったその男は、難しそうな顔をして光祐の向かいに座った。

「ちょっと胸をはだけてくれたまえ。これを当てると、心の臓の音がよく聞こえるんだよ」

「へえ、医塾には、たいしたもんがあるのですね」

お里にいただけでは知ることもなかっただろう医者の新しい道具を目の当たりにして、光祐は顔をほころばせた。よし、この医塾で猛勉強して、たくさんの医術を身につけよう、そして、身体の弱い人たちを助けてあげたい、と光祐は思った。。

「こうでしょうか」

光祐が胸をはだけさせると、髭面の医塾生は筒の先を胸に当て、自分は筒のお尻の側に耳を当て、何やら聞いている。

「おお、すごいな彼の脈は、かなり速いぞ」

「ほれはほうずら。初めて医塾に来ただから、あがってるだよ」

「そんなに固くなることはない。皆、医者を目指して共に頑張る仲間なんだから、仲良くやろう」

「はい！　うれしくて、身体中の血が巡ってます」

「はは、また脈が速くなった。若い人は勢いがあるなあ」

「はい！　これからよろしくお願いします！」

光祐は目を輝かせて、何度もお辞儀を繰り返した。

江戸はずいぶん広い街だった。けれどこの街のどこかに柾木もいる。そう思うと、ますますやる気が出てくるのだった。柾木がどこの呉服屋で奉公しているのか、あいつのおっかあに聞いてもわからないと言われてしまった。あいつは便りを寄越さないんだ、と、おっかあはぼやいていた。もとからまめではなかったが、母親にくらい、どうしているか知らせればいいもんを。なあに、浅草の呉服屋ということはわかっているのだ。シラミ潰しに尋ね続ければ、いつか必ず、あいつにぶち当たるに違いない。そう光祐は軽く考えていた。


……四……


真っ赤に塗られた木で組まれた格子窓の明かりが今夜も灯った。

男郭の櫻木屋は、今宵は男遊女たちを張見世で晒した。

今、櫻木屋には七人の男遊女がいて、さらに男遊女見習いの禿《かむろ》が二人。見世に出るのは、男遊女だけで、禿たちは物を運んだり台所を手伝ったりと下働きをする。

柾木は格子の中を男が覗き込まないと見えないくらい端でうつむいて、時をただ、やりすごしていた。

この裏吉原のことを知っている旦那はまだ少ないのだという。だから遊女たちがひしめく吉原に比べると、人通りは多くはない。けれど、通《つう》の旦那たちは、美男子を好んで可愛がる。吉原で遊び慣れた男たちがしまいに行き着くところ、それが、大門の一番奥、木戸の向こうに十軒だけひっそりと佇んでいる、裏吉原なのだという。

吉原の隅に、門番が常にいる小さな木戸がある。これは、吉原の遊女たちが裏吉原に入ることを禁じているための見張りなのだという。この木戸をくぐった男は、いつもの吉原とは違うものを見つける。そしてそれを戻ってからあちこちに吹聴するので、男遊女見たさにまた新たな男がここに足を踏み入れる。なので客足は途絶えることがない。

ただ、多くの男は赤い格子の中の男遊女たちを冷やかすだけで、花をつけるまでには至らなかった。何十人にひとりくらいは、物は試しだ、と一晩遊ぶ。そして裏吉原に二度とは戻ってこない男も少なくない。男遊女の妖しさにどっぷりはまり、足繁く通ってくるのは、百人に一人、いるかどうかだという。

男が男と寝るなんて、今まで考えたこともなかったので、いまだに柾木はこの裏吉原が気味が悪くてしかたがなかった。男と女で夫婦になり、子をなし、代々に土地を伝えていくのが人の道ってものだ。それなのに、男と男でくっついてしまったら、子もできやしない。

「参勤交代でおさむらいさんばかりが江戸に増えた。そのせいで商人も増えた。今や江戸は男ばっかりよ。そうなると、増えるんだよな。男と男の仲ってもんが。だから俺もひょっとして、と思って、男遊女を置いてみたのよ。すると前より店が売れてるんだから」

けれど売れようが売れまいが、柾木は、どうしてもこの商売に乗り気にはなれなかった。

今夜の顔見せだって、柾木は一番隅っこに座る。他の兄さんたちは、赤い格子の向こうを行き交う男たちに、しきりとキセルを差し出したり、ちょいと、と声をかけて呼び止めたりと、誘っている。自分もそういうことをしなくては、客がつかない。頭ではわかっているのに、どうしても、身体が動かなかった。

「ねえ、ちょっと寄っておいきよ」

「そこの色男。うちと遊ばない？」

さまざまな言葉をかけて、男遊女たちは行き交う男たちに声をかけている。けれど、物珍しげに眺めている男も多いので、すぐに花がつくことは少ない。それでもせっせと櫻木屋の男遊女たちは、旦那たちに微笑み続ける。

「……おい、柾木ッ！」

客通りが途絶えた時、飛竜《ひりゅう》兄さんが荒っぽい声をかけた。

「柾木、いつまでそうやってふて腐れてるつもりだい。そうやって下向いてるのがいると、陰気くさいんだよッ」

飛竜兄さんは、いくら綺麗な遊女風の着物でいても、いつも男っぽかった。でもそれがいいのだと、飛竜兄さんを可愛がる旦那はみんないう。眉も整えてはいるけれど凛々しく、いつも黒っぽい着物を真っ赤な長襦袢の上に合わせていて粋な飛竜兄さんは、怒ると、怖い。

「ほら、またあぐら。いい加減、男遊女らしくしたらどうなんだい」

「できんもんは、できんだよ」

柾木は口答えをした。

「いやだという気持ちもわかるけど、おつとめしないといつまでたってもここから出られないんだよ。ほら、笑えよ」

「……笑えんだよ。どうしておまんとうは、ほう平気でいられるで。知らない旦那に身体を撫で回させて、ほれでいいだか」

「いいわけないだろう」

飛竜兄さんはあきれ顔になった。

「いいわけないけど、これが、今の俺たちのおつとめなんだ。あれこれ考える前に、ほら、さっさとキセルを格子の向こうの誰かに出すんだよ」

促され、柾木は渋々と格子のほうへとずり寄って行く。

自分の身体を見下ろすと、真っ赤な長襦袢姿である。飛竜兄さんや他の男遊女たちは、上に綺麗な打ち掛けや着物を羽織っているけれど、ああいうものは、旦那が買ってくれるので、柾木だけはまだ真っ赤な襦袢のままなのだ。これは旦那たちへの合図にもなる。襦袢のままの男遊女は新顔か、またはいい旦那がついていないということを意味するからだった。このままでは自分はもうずっと、誰にも着物など買ってはもらえないだろう。でもそれでいい、とさえ柾木は思った。こんなおつとめ、どうにも自分の身体が動かないのだ。

「まだまだお里の訛りも消えないねえ」

千早兄さんが微笑んだ。千早兄さんは、飛竜兄さんとは逆で、随分と女っぽかった。こう振る舞ったほうが旦那たちが喜ぶから、と兄さんは言う。ひどく優しい顔で、何を言ってもにこにこ聞いてくれるような、そんな、ほっとする気だての良さが彼にはあった。ただ、あんまり優しすぎるので、金がないなどと客に言われると、花代を取り立てられず、ただで遊ばせて帰す、なんてこともよくあった。そしてツケが回収できないもんだから、千早はしょっちゅうおやじに怒鳴り散らされていた。それでもめげない。桃色の着物が優しい彼に良く合っている。

「おまんとうは、なんで平気でいられるだ。俺にはできん」

「じゃあ、出ていけばいいじゃないか」

飛竜が突き放した。

「ほんなこんできっかないっちゅこんは、おまんらが一番わかってるらに」

柾木は歯をぎりっと合わせた。飛竜にしろ千早にしろ、どちらも、飢饉の村からやってきた。柾木と同じ、飢饉で売りに出された子どもたちだった。どの家も長男だけは決して出さない。大事な跡継ぎだからだ。産まれる順番が少し違うというだけで、柾木たちは、お里から遠く離れたところで、お里の人には言えないようなことを、毎晩しなくてはならなくなってしまうのだ。

「ここを出たいのは、みんな一緒なんだよ。だからせっせとおつとめしてんのさ。おつとめしなくちゃ、出られないんだよ。わかんないのかい？」

「わかってる。わかってるけど、俺……」

どうして俺がこんなこと……。

柾木が抱えているのは、こんな怨みつらみだった。

俺はなんにも悪いことなんかしていない。毎日自分なりに田畑も手伝ってきたし、字も習って覚えた。人から叱られるようなことなんか、何もしてない。それなのにどうして、俺だけが、こんなところでこんなことをしなくてはならないんだ。

もうどうしようもないと頭ではわかっているのに、柾木はどうしてもここの〝おつとめ〟をする気に、なれないのだった。

「ほら、お前さんたち、騒いでないで、しゃんと前をお向き。旦那たちがお通りじゃないか」

後ろの、一段高いところから声がした。

いつも男おいらん道中を踏んでいる、櫻木屋の男おいらん、紫野だった。凛として、今日も神々しい。この人は、女よりも綺麗なのではないかと物腰の柔らかさを見るたびに柾木は思う。線も細く、女といっても通りそうなほどの美貌を、紫野は持ち合わせていた。

この紫野が張見世にいるなんて、珍しいことだった。

なにしろひと月先まで埋まっていることはざらの、売れっ子なのだから。

たまたま今夜は、来るはずだった旦那に急な用ができ、宴がなくなった。そんな時にはゆっくり休むといいと思うのに、紫野は張見世に出ていた。

「おっ、おいらんがいるじゃねえか」

「綺麗だねえ」

金のかんざしを何本も頭につけることが許されているのは、男おいらんだけだった。男遊女は二本までしか刺すことができない。

だから、紫野が座っていると、客はやはりそちらを見る。

紫野だけは、遊郭のしきたりにうるさい。だから、一見の客は、面通しだけで帰される。一緒におねんねするのを許されるのは、三度目に花をつけた時からなのだった。

飛竜も千早も会ったその日に男と寝る。

柾木だって……そうだった。宗次郎に、わけもわからないまま押し倒され、貫かれた。あの時のなんともいえない屈辱的な感触を思い出すだけで、胸がむかむかとしてしまう。

あの宗次郎先生とかいう男がまた来たらどうしようと怯えていたけれど、かれこれひと月が過ぎようとしているのに、彼はまだ現れなかった。お医者をしているので忙しく、そうしょっちゅうは来られないらしい、と千早が以前教えてくれた。もう二度と来なくていい、あんな気色の悪いこと、俺はごめんだ、頼む、来るな、と柾木はそう天に願っていた。

……五……

一方、同じ頃、光祐も天に願い事をしていた。

お天道様、神様、どうか柾木がどこにいるのか、教えてください。

光祐が考えていた以上に、柾木探しは時間がかかっていた。浅草の呉服屋をしらみつぶしに探そうと思っていたが、あまりにも数が多く、しかも呉服屋の人はこんな田舎臭い医塾生にひどく冷たかった。本当に柾木に会えるのだろうか。日ごとに強くなる不安を振り払うように、光祐は新しい呉服屋を見かけるたびに立ち寄るのだった。

柾木が元気でいてくれるのかが気がかりだった。

あいつは白いし細っこい。きつい仕事をしていたら、すぐに音を上げてしまうことだろう。無理をしていなければいいが。柾木の弱さをわかってくれる店のご主人だといいが。ちゃんとめしにありついているだろうか。痩せてはいないだろうか。まるで柾木のおっかさんなんじゃないかと笑いたくなるくらいに、光祐は柾木のことを案じていた。あいつはきっと同じ江戸の空の下にいる。それなのに、会えない。このもどかしさがつらかった。医塾の合間に浅草を尋ね歩いているが、江戸に出てきてもうひと月近いというのに、あいつの名前さえ聞いたことがない、と皆が言う。江戸は人が多すぎるのだ。

(渡したいもんがあるらに)

光祐はため息をついた。柾木があっというまに元気になりそうなものを、光祐は預かっていた。それはおみっちゃんからの文だった。おみっちゃんは女なので寺子屋ではなく、ばあちゃんに教わって文字を覚えたので、あまり難しい言葉は書かれてはいないのが、透けて見える。

「何書いたで」

と聞いたが、

「読んでいいのは柾木だけだからね」

と言われてしまった。何やらこそばゆい内容のものなのだろう。羨ましいと感じた。光祐はまだ、いい仲の女がいない。誰も寄って来なかったわけではないが、どうにもその気になれなかった。女よりも、医者になることのほうが先だと思ったし、実際、医塾では覚えることがあまりにもたくさんある。身体の仕組みから始まり、手当の方法なども教わっている。それらで頭がいっぱいなので、女のことまでは、頭が回らなかった。

おみっちゃんを、さくら祭りの時に見かけた。新しく大人になったと認められ、村の仲間に入れられ、酒を振る舞われていた。というより、呑まされていた。おみっちゃんを前々から憎からず思っているという噂の太助という男が、彼女にぴったり貼り付いて、迫っていた。おみっちゃんが困ったように何度も座り直そうとしても、太助がそのたびに、にじり寄ってくる。

「なあ、おみっちゃん、もう決めた男がいるだか」

「そういう話はしたくない」

「いいから教えてくりょう。おまん、嫁に行くあてはあるだか。ないなら俺が……」

「なあ」

おみっちゃんがあんまり黙っているので、横から光祐が助け舟を出した。

「そういう大事なこんは、すぐ決められっかねえら。考えさせてやれし」

「ちっ、なんだあ、光祐もおみっちゃんを。ほうけ、ほうだっただけ。庄屋の息子が相手なら、かなわんわ」

太助はそう毒づいて去って行った。

「だいじょうぶけ？」

よろけかけたおみっちゃんの両肩を、後ろから支える。

ふんわりとした手触りで、男の身体とは全然違うしなやかさがあった。この肩に、柾木は触れたことがあるだろう、そう思うと、指先が熱くなった。あいつ、おみっちゃんと、どんなことまでしただかな。

「光祐、ありがとね。助かった。あの人、嫁になれってうるさいさ」

おみっちゃんは、ほっとしたように笑った。そして文をすっ、と手渡してきた。

「この祭りが終わったら、光祐も、江戸に行くだって？」

「ああ」

「だったらこれ、柾木に渡して」

おみっちゃんは和紙に書いた文を光祐の胸に押しつけた。

「わかった」

軽々しく預かったけれど、柾木がどこにいるかすらわからない。おみっちゃんのためにも、早く柾木の居所を突き止めたかった。けれど、なぜか、文のことを思うと気持ちが曇る。なぜなのだろう。柾木に渡したくないような気分になる。自分にいい女がいないから、そんなことを思ってしまうのだろうか。うらやんでいるのか。光祐はこのもやもやに苦く笑った。

光祐は、女を知らないわけではない。

さくら祭りの夜に、お里の女、サキに納屋に連れ込まれて、女を教え込まれた。いわゆる筆下ろしだ。大抵は盆踊りの夜に行われるのだが、

「あんたをずっと、狙ってたんだよ」

と、サキはふくよかな胸を押しつけてきて微笑んだ。彼女の胸の谷間には、満開の木から降ってきた桜の花びらが一枚、ぺっとりと貼り付いていた。

「それなのにあんたは、江戸に行っちまうっちゅうじゃん。だから今夜しかないと思ったさ」

サキは、ふもとの里に嫁に行ったが、旦那が病で亡くなり、ここに戻ってきた。いわゆる出戻り女や、女やもめは、村の若い男たちに性技を仕込む、筆下ろしの役を負う。彼女らは好みの若い男をつかまえてはしけこむことが許されているのだった。

納屋に敷いたゴザの上で、光祐は男になった。

サキの大きく開いた股の奥には、ぬるっとした、さばきたての生魚のような感触のあそこがあった。こんなにも濡れているものなのかと驚いたが、サキによると、回を重ねるごとに、汁が出るようになるという。

「若い女はちっとも濡れないだから、滑らないし、きついよ。私のほうが気持ちいいよ」

そんな言葉を聞きながら、光祐はぎこちなく腰を動かし、やがて果てた。

　気持ちいいといえば気持ちよかった。けれど、心がときめくようなものではなかった。それはたぶん、サキのことをなんとも思っていなかったからなのだろう。惚れた女とだったら、もっと抱き合ったりして、燃え上がるものなのだろう、きっと。

　そして、自分には、そんな仲の女はいない。この世の大切ななにかを知らないままでいるような気がして、光祐は時々、たまらなく淋しく、心もとなくなる。そしてそんな時、惚れた女と心を通い合わせたことがある柾木のことを思い出すのだった。

　いったい、柾木は、どこにいるのだろう。

　光祐は、天の星に願った。

　どうか柾木に早く会わせてください、と……。

　柾木が裏吉原で男遊女となり、男に毎晩のように抱かれているなんてことを、光祐は、知らなかった。

　そしてその初めての相手が、光祐が今通っている医塾を作った宗次郎先生だということも……。

第三章

……一……

葉桜を見ると、飛竜はお里を思い出す。

お里の家は漁師をしていた。

漁師ならばそこら中に貝や魚もあるし、親に売り飛ばされることなんかあるもんか。そう思っていた。江戸に行っていたおじさんが「山のほうは飢饉がえらいことになっていて、子どもが殺されたり売られたりしているらしい」と、おっかねえ話をおかんやおとんにしているのが聞こえてきたけれど、飛竜は平気だった。何しろ飛竜は、おとんとおかんの、たったひとりの子どもだったのだから。

おとんは立派な船を持っていて、このへんじゃ腕のいい漁師として評判だった。俺もおとんの跡を継いで海に出る。そのためにも鍛えなくちゃ。そう思って毎日、砂浜を走り込んでいた。砂浜に落ちている海草を拾って持って帰ると、おかんが汁に入れてくれた。

あの頃は、毎日食い物がいっぱいあった。自分で用意することもなかったのにな。

飛竜は駆け回っていた頃の自分を思い出し、ほろ苦い気持ちになった。それがどうだ、もう何日も、走っていない。固い肉が落ち、女みたいに柔らかくなった身体をくねらせて、旦那たちを悦ばせている。こんなことになっちまうなんて、思ってもいなかったのに。

飛竜のおとんとおかんは、戻って来なかった。

遠くまで漁に出たその晩、いくら待っても、何も、戻っては来なかった。浜の場所を火を焚いて知らせたいのに、風が強く、つけることができなかった。波も荒れていて、どうしてこんな日に遠くに行ったただ、とおじさんは真っ青になって里の皆に知らせて回った。

風がおさまってから、何艘もの船が、おとんとおかんを探しに出てくれた。けれど、海のどこにも二人はいなかったという。そして何日かしてから、船だけが陸に戻されてきた。それで、ああもう死んじまったな、と、葬式が出されたのだった。

坊さんがお経を唱えている間も、飛竜は涙も見せず、必死に気持ちを奮い立たせていた。

あの形見の船で、俺は、海に出る。俺は立派な漁師になってみせるさ。

そう自分に言い聞かせることで、親を一度にふたりも亡くした悲しみをまぎらわせようとしていた。近くのおじさんのところで厄介になり、どこかの漁師に弟子入りして色々教えてもらい、それから独り立ちしよう。十二になったばかりの飛竜には、そのくらいのことは考えられた。

それなのに、おじさんは飛竜を拒んだ。その時初めて、飛竜は、自分がおとんとおかんの子ではないということを知らされたのだった。

「子どもができない兄さんが、海に流れ着いた赤ん坊を拾ってきたのさ。どこかの貴族の隠し子かもしれないよなんて言ってたけど、とんでもねぇよ。兄さんが海で死んじまったのは、こんな赤ん坊、連れて来ちまったからだ。この餓鬼。金返せよ。兄さんが買った船の金は俺が出してやってたんだよ」

おじさんは、おとんを亡くしたつらさを全部、飛竜にぶつけてきた。そして飛竜は忌まわしいものであるかのように、家の納屋に閉じ込められ、何日かすると、飛竜のところに人買いが来て、ここへ連れて来られた。その日から、浅黒い肌で、目鼻立ちもくっきりとした威勢のいい男遊女が出来上がったというわけだった。そして飛竜は親の船代を返すために、せっせとここで稼がなくてはならなかった。

海辺の町を離れる時に、延々と続く桜並木を歩いた。もう花はどこにもなくて、葉桜になっており、飛竜の肩にぽとりと毛虫が落ちてきた。毛虫も一緒に江戸に連れて行こうとしたのに、気づいたら海風にでも吹き飛ばされたのか、どこかに行ってしまっていた。この季節になると最後に振り向いて見た海の波のきらめきを飛竜は思い出すのだった。

裏吉原の客たちは、何でもずばずば言う飛竜を好んだ。女らしくなくてかえっていいや、と言って、一緒に飲みたがった。飛竜はやけになって稼ぎまくった。昔見かけた京の女の人の話しかたを真似て、自分のことを「うち」と言うようにもした。ただ、ここを早く出て、海のそばで暮らしたかった。漁師はもう無理かもしれないが、波の音が聞こえないようなここは、頭がおかしくなりそうだった。だから誰彼なく「うちをここから連れて逃げておくれよ」とせがんだ。だがまだ誰も連れ出してはくれない。男遊女を水揚げするにはかなりの金がいるらしかった。男遊女がこの稼業から足を洗うことを、水揚げ、という。どうしてこんなところで漁師の言葉が使われているのだろう、と、おかしくなる。うちは、男に釣り上げられるのを待ってる魚みたいなものなのかな、と。

飛竜はいつも扇子を手にしていた。郭の中はなんだか冬でも蒸し暑く、風の通りも悪い。なので自分でぱたぱたと煽いで風を作る。ただそれだけのために、客にねだって買ってもらったのだけれど「扇子の男遊女」ということで、知られるようになった。他の男遊女は、皆、キセルを持っている。赤い格子ごしに自分のキセルを差し出し、相手に一服させるのが、吉原遊びのおきまりのようなものだからだ。けれど飛竜は扇子で相手の顔を煽いでやる。それを面白がってなのか、気の強そうな立ち居振る舞いを好まれるのか、飛竜はわりと花はつくほうだった。金がもらえるのだったら、飛竜はどんなことでもした。男が股間を指差し、ここをさすってくれと言われた時はぎょっとしたが、銭を握らせてくれたので、すぐに従った。地獄の沙汰も金次第とは誰が言ったことかは知らないが、飛竜はこの地獄を脱け出すために銭のある男を掴まえようとしていたのだった。

ぱたぱたと風を作って表を眺めている飛竜の前を、誰かがよろよろと通りかかった。かなり酔っているが、年は若い。若いのに裏吉原遊びが出来るのは、親が金持ちの男だけだ。

「もし、そこの、いいお人」

飛竜は思い切り甘い声を出した。

「ん？　なんだあ？」

男は立ち止まり、飛竜を見た。

「あら、いい男だねえ。ねえ、うちと遊びません？」

飛竜はどんな男を見たって「いい男」とか「いいお人」などと呼んでやる。そうすれば何人かは舞い上がって花をつけてくれるからだ。

「おめえとかあ？　おめえ、女のくせに、えらく声が太いなあ」

そう言われて飛竜はおや、と思った。この酔っぱらいは、ここが男ばかりの遊郭だということすらわかっちゃいないようだった。

「ちょっとはしゃいで声を枯らしちまってるのさ」

「背丈も俺よりある大女だな、どれちょっと手を見せてみろ。ほれ、手も男みてぇにデカい」

「田舎でずっと畑仕事をしてたからねえ」

酔っぱらいに合わせてそう答えながらも、飛竜の指は、男の手のひらをものほしげに撫で回す。なので男も気を良くしてあがっていってくれるという話になった。

男は、亀屋金太郎と名乗った。

おやじがほう、と唸った。

「もしかして紙問屋の亀屋さんとこですか」

「おぅ、良く知ってるな。俺はそこの二代目でぃ」

金太郎は胸を張ろうとして後ろによろけた。それを慌てて飛竜が支える。

「おう、気が利く姉ちゃんだな」

「姉ちゃん?」

首を傾げるおやじをしっ、と睨みつけ、飛竜は猫撫で声で金太郎に言った。

「ね、うち、あんたのことを、金ちゃんって呼んでも、いいかい」

「金ちゃんかあ。照れるな。ああ、いいぞ。何とでも言いな」

「うれしい」

飛竜は金太郎にぴっとりと寄り添い、ぐっと背中を押した。

「ささ、お部屋へどうぞ」

「おい、飛竜」

後ろからおやじが、今度は小声で呼びかける。

「おめえ、紙問屋の亀屋といったら大変なお大尽だぞ。大事にしろよ」

「わかった」

飛竜は金太郎の背に回した手を今度は腰に回した。この男を離すまい。

「いっぱい、いいことして、遊ぼうねえ」

金太郎の身体を押し上げるようにして、階段を上がらせる。

「おう、いっぱい、やるぞ」

金太郎の手が、飛竜の胸のあたりをまさぐった。

「おめえ、おっぱいもぺたんこだなあ。いいさ。俺が育ててやる」

「助平だねえ、金ちゃんは」

飛竜は笑いをかみ殺すのが大変だった。

男遊女なのだ。おっぱいなんか、あるわけないのだから。

・・・・・二・・・・・

千早が裏吉原に売られてきたのは、秋の終わりだった。

色白で泣きそうな顔が人形みたいだと、おどおどしている千早をおやじはひどく気に入った。

千早の里は、雪が多く、春になるまで分厚く積もったままになっている。そんな土地なので、飢饉の年は、冬の間の食べ物に人々は困り果てる。千早のかあちゃんは、鹿のように木の皮を剥いで、それを煮て食わせてくれたこともあった。味もなく、とても固かったけれど、おいしい、おいしい、と笑顔で食べた。そうしないと、かあちゃんが泣いてしまいそうだったからだ。

千早には、二つ上のあんちゃんがいた。

あんちゃんは木登りもうまいし、おおらかで、優しくて、弟の自分が言うのもなんだけれど、できた人だった。何をしてもうまくいかないし、木登りすらできない、ぐずな自分とは大違いだった。同じとうちゃんとかあちゃんから産まれたのに、どうしてこうも違うのだろう。大きくなったらあんちゃんのようになれるさあ、と思っていたのに、なれなかった。千早はいつまでたっても、ぐずなまんまだった。

今年も日照りで米があまり取れなかった。なので親は、千早を売り飛ばした。

あんちゃんがいたら、そんなことはぜってえさせねえ。

千早は俺が育てるって、あんちゃんは言ってくれてた。家のもんばらばらにせんでくろ、と、前からあんちゃんはそう頼んでくれていた。だからとうちゃんとかあちゃんは、あんちゃんが山に行っていていない時に、千早を口入れ屋に引き渡した。

どうにも食い物がなかった。あんちゃんがたまに鳥を仕留めてくるが、それだけじゃあ腹は足りない。痩せて目を落ちくぼませたかあちゃんが、もう千早を売るしかないんよと泣いて言うのだから、いやだと言えるわけがなかった。自分を売った金でかあちゃんやとうちゃん、そしてあんちゃんが少しでも生き延びれるんだったら、いくらでもどこへでも行く。

裏吉原で男遊女をやれと言われたときはびっくりしたけれど、もう、慣れた。

世の中には食べるもんがなくて飢えている人もいれば、誰かに優しくされたくて心が飢えている人もいる。そう思ったから、千早は、どんな客にもいやな顔ひとつせず、優しく抱きしめてやった。その人の心に少しでも精をつけてあげたかったから。

もう、お里には帰れない。

とうちゃんにそう言われたからだ。

「いいか、ここには戻ってくんな」

やめなと止めるかあちゃんを振り切り、とうちゃんはこう吐き捨てた。

「おまえは役立たずだからな。いらねえんだからな」

親にそんな風に思われていたことが、つらかった。そして確かに役立たずな自分がふがいなかった。

裏吉原では、あまり、雪は降らない。降っても、すぐに、人々が踏み散らしてしまう。あの、雪に埋もれそうになりながら、静かに耐え忍んでいたお里の家とは、まるで違うところに来てしまった。

あんちゃん。あんちゃんのことを千早は何度も思い出す。時には夢にまで見る。夢は決まって、あんちゃんが迎えに来てくれるものばかりだった。でもきっと、あんちゃんは、千早がどこにいるか、知らない。食い物を探すことに忙しくて江戸に出てくることもできないだろう。だから千早はすべてをあきらめて、ここにいた。

お里でぐずだった千早は、櫻木屋でもぐずだった。お客の膝に酒をこぼすことはしょっちゅうだし、一緒に布団にくるまったあとも、自分だけ先に寝てしまい叱られたことも何度もある。客がつかないかぎり、ここから出ることはできない。粗相をしたらその分、金が引かれる。いったい自分はあとどのくらい借りがあるのだろう。聞くのも怖くて聞いていない。もしかしたら、ここに来た時よりも借りが増えているかもしれない。そしていつまでたっても、千早はここからは出られないのかもしれない。

今夜だって、みぃんな売れてしまって、格子の中に残っているのは、千早と、それから暗い顔をした新入りの柾木だけ。三味線を弾いていたおやじさんもどこかに消えてしまって、張見世はお通夜みたいにしいんとしていた。

「ちょっと柾木。あんた、舞ができるんなら、舞っておくれよ」

声をかけても、あの子は、何もしやしない。ここでおつとめをする気がないのだから。あんなにいやがる子も珍しい。大抵は三日もすればあきらめて、男に媚びを売り出すものだ、自分も、そうだったように。

ああ、今夜も暇だね。いやんなっちゃう……。

千早の前にその男が駆け込んできたのは、おおあくびをしたその時だった。

後ろでくくった髪が乱れ、必死の形相だ。何かに追われているのだということは、ひとめ見て、わかった。その男は、逃げ場がもうないのだろう。目が血走っている。遠くに、どやどやと足音が聞こえてきて、男は身を固くした。

「こっちから、入って」

千早は郭の入口を差し、男を迎えるために、立ち上がった。

柾木が驚いたような顔でこちらを見ている。

「いいんだよ」

千早は柾木に微笑みかけた。

「困った時は、お互いさまさ」

こんなことを言っても、なにもかもどうでもよくなっている柾木には、わからないかもしれない。でも千早は、この男をなんとか助けてやりたかった。

「さあ、こっちだ」

千早は男を自分の部屋へと連れ込んだ。外を数人の男たちが駆け回っている音がする。「どっちに行った！」と叫ぶ声もする。

「あんた、何かやらかしたんだねぇ」

千早は笑いかけた。鋭い眼光で、無精髭をたくわえているこの男のことが、ちっとも怖くはなかった。

「俺も、しょっちゅう、やらかしてるよ。俺は、できそこないだからさ」

「……かくまってくれてありがとうな」

足音が遠ざかっていったあとで、その男は腰を浮かせた。

「じゃあ、俺は、これで」

「待って」

千早はす、と彼の膝に両手を添えた。

「どこか行くあては、あるのかい」

「……」

「ないなら、しばらくここにいていいんだよ」

「俺は、郭に払う金はないよ」

「金なんていらないよ」

「じゃあなぜ」

「こんなこと言うと、笑われるかもしれないけどねえ」

千早はその男の顔を懐かしく見つめながら、打ち明けた。

「良く似てるんだよ、おまえさん。俺の、お里のあんちゃんに」


……三……


そろそろ田植えも始まる頃だということは、お天道様の高さでわかった。

柾木の家は田んぼの広さの割に働ける男が少ないので、毎年日の光が顔を出す前から腰をかがめて植え続けなくてはならなかった。腰も膝も痛んだが、柾木は文句も言わずに働き続けた。

稲が実れば年貢を納められる。年貢を納めて余った米が、家の取り分なのだ。一本でも多く実れば、家のもんがひもじくなくなるから、必死だった。

でも今年は田んぼの手伝いをすることもない。

今日も明日も、俺は、赤いべべ着て、並べられている。

赤い格子の中でちんまりと座る日々を過ごしている柾木は、ため息をついた。

「まぁた、ため息かい。辛気くさいねえ。ちったあ笑ったらどうなんだい」

目ざとく飛竜が見つけて、叱りつける。それを千早がかばう。

いつもの張見世の様子だったけれど、今日の柾木は違った。

今夜、脱け出してみよう、と思っていたからだった。

昨夜、寝ぼけたフリをして、郭の外に出て、裏吉原の小門まで行ってみた。

丸太に座った門番が、うつらうつらと居眠りをしていた。最近、門の横には小屋ができて、雨の日でも見張れるようになった。その門番が居眠りをしている。これは、出られるかもしれない。柾木の胸は高鳴った。

「まあ、これでもおあがりよ。ゆうべのお客さんがくれたあめ玉さ」

千早が手のひらに四角形の翁飴を置いてくれる。

「なにあげてるの！」

目ざとく、禿たちが駆け込んできた。千早は笑いながら、この子たちにも一粒ずつ分けている。

「ありがとう千早兄さん」

「いつもおいしいの、ありがとう」

深雪と朝顔が口々に礼を言う。小さいのに、きちっと礼を言えて、本当に立派だと思う。この子たちも生きていくのに必死なのだ。なにしろこの郭は、めしと簡単な汁しかくれない。おかずは自分たちで調達しろというのだ。吉原には惣菜屋が煮豆や煮魚を売りに来る。懐事情に応じたものを買い足してやっとめしらしいめしになる。飢饉の里から来た柾木は、めしと汁だけでも大御馳走だったが、禿たちはまだ小さく、かといっておかずを買い足す金もなく、しょっちゅう腹を減らしていた。だから、郭の兄さんたちから少しずつ食べ物を恵んでもらって、しのいでいる。こんな小さいのに、上手に可愛くお礼を言えるのも、彼らの生きるすべなのだ。兄さんたちに気に入られたほうが、おいしいものを分けてもらえるのだから。

このごろは、幼い子どもたちも容赦なく裏吉原に売られて来る。親から言わせれば、殺すよりまし、ということらしい。けれど、親兄弟と離れ、知っている人など誰もいないこの裏吉原で、宴会の御馳走の余りを狙って暮らす姿を見ると、柾木は胸が痛くなる。この子たちももう少し大きく育てば、男遊女となって、客と寝るのだ。

そしてその晩、柾木は首尾よく門をすり抜けた。少しずつ少しずつ木戸を開け、寝ている門番の脇を抜けた。木戸の向こうには、夜中なので明かりを落としている吉原の街並があった。

ここにも大門があるが、柾木は今、江戸に出てきた時の男着物姿なので、男遊女だろうと疑われることもなく、外へ出してもらえるはずだ。震える足で土を踏みしめ踏みしめ進んでいくと、

「柾木」

と声がかかり、びくっ、とそこで、身体が固まった。

「柾木……なのかい」

その声は、女の声だった。しかも聞いたことのある、包み込むような優しい声。

柾木が慌てて聞こえてきたほうに目をやると、そこには郭の格子窓があった。

他の遊郭が明かりを落としているなか、ここだけは真夜中だというのに、ぼうっと、赤い格子の中に、遊女が座っている。

「……姉ちゃん!?」

慌てて駆け寄った。姉のおきよがその中にいた。

「姉ちゃん！　なんでここに」

「柾木こそ」

げっそりと頬の肉が落ち、そこへ無理矢理おしろいをはたいている、無惨な姉の顔がそこに

あった。でも魂は荒んではいない。優しく温かく、弟の柾木を見つめている。

「俺は……近くで下男をしてるだよ」

「嘘言って。唇に紅が残ってる。柾木も遊女をしてるね。男遊郭が近くにあるって聞いてる」

「……姉ちゃんも」

やせ衰えて筋が見える腕を、よろよろと格子窓から出し、おきよは柾木の手を握った。

「こんな時分に張見世になぜいるだ」

「売れないからだよ」

おきよはつらそうに笑った。

「売れるまでは張見世で晒すだよ、ここは。みじめじゃんね。毎晩、最後まで残るのは、私だけさ」

まんじゅう屋で甘いもんをいっぱい食べてるとばかり思っていた姉が吉原にいたことが、柾木はつらかった。おきよが何をしているかがわかるだけに、胸が張り裂けそうだった。

「逃げよう。姉ちゃん。俺、逃げてきたんだ。裏吉原から」

「柾木……」

「なあ、逃げよう」

「郭に、戻りなさい」

「……え？」

「いいから、今すぐ戻りなさい」

「どうして」

　柾木は姉の手をぎゅっと握りしめた。

「姉ちゃんこそ、今すぐ逃げろし。骨と皮じゃんけ」

「逃げちょし、柾木！」

　おきよが鋭く一喝した。

「私らが逃げたら、郭の借りの取り立てはお里にいくだよ。おっとうとおっかあとあんちゃんとこに行くだからね。ほしたらまた皆飢える。なんにも変わらんだよ」

「だけど俺こんなおつとめつらくて」

「いつか終わるさ」

　おきよは柾木の手を何度もさすった。

「どんなつらいことだって、いつか必ず終わるさ。私らだけで借りを返して、おっとうとおっかあを楽させてやろう。そして、返し終わったら、姉ちゃんと一緒に暮らそう」

「……お里でか」

「違う」

「お里は」

「私ら、もう、吉原の顔になってるんだよ、戻れっかねえら」

姉が差し出した手鏡に自分の顔を映し、柾木は泣きたくなった。

男着物を着ているのに、肩も下がり、なんだか艶《なま》めかしい。

こんな男、お里にはいない。

こんな、男か女か、よくわかんないようなもん、いない。

どんな風に振る舞えば男に戻れるかも、もう、ほとんど覚えてはいなかった。

このまま戻ったら柾木が裏吉原にいたということもバレてしまうかもしれない。

柾木は皆の目などどうでもよかったが、おっとうやおっかあが里の人に何を言われるかと考えたら……。

「そっか……もう……戻れんだな」

柾木の手のひらを包んでいたおきよの手のひらに、ぽたりと涙が落ちた。

また泥まみれになって田畑で働くということも。

おみっちゃんを嫁にするということも。

だめになってしまったのだった。

「姉ちゃんの前でだけ、泣け。姉ちゃんがいる。つらくなったらまたここまで来な。いつだって話を聞いてやるから。な、がんばれし、柾木」

おきよになだめられ、柾木はとぼとぼと、裏吉原へと戻っていった。

二度と戻るかこんなところと思っていた木の扉を静かに開ける。門番はまだ眠りこけていた。

その途端、重だるい、先の見えない淀んだ気持ちに取り囲まれた。

いつかはお里に戻れる。そう信じて、今日まで耐えてきたのに。

明日からは、いったい、何を夢を見て、暮らしていけばいいのだろうか。

櫻木屋に向かって何歩か進んだところで、人影を見つけて柾木は立ち止まった。

そこには、男おいらんの紫野が立って、柾木をじっと見据えていた。


……四……


「よかった。戻って来たんだねえ」

紫野は柾木を責めるような口調ではなかった。むしろいたわるような温かい声で木戸の外から戻った柾木を迎えた。白地に赤い百合の花の模様が入った寝着が、静まり返った裏吉原の路地にぼうっと浮かび上がっている。

「見てただか。俺が出てくのを」

「ええ。何かが外を横切るのがわかって、どなたかと窓を開けたら、おまえさんが木戸を出ていくとこだった」

「追わなかっただか」

「追っても、逃げるだけだろう？　わっちはね、ここで戻ってくるのを待ってたのさ」

何もかもお見通しのように、紫野は言う。

「戻りたくなんかなかった、ほんとうは」

「じゃあどうして戻った」

「……姉ちゃんが。姉ちゃんが吉原にいた。そして俺が出てくのを止めたんだ」

「そうかい。姉さんも売られてきてたのかい」

紫野は静かに頷いた。

「じゃあ、なおのこと、ここでおつとめに励まなくてはねえ」

「こんなつとめ、俺にはできんだよ」

柾木は今すぐにでも、ぺっ、と唾を吐き捨てたかった。汚くておそろしいおつとめだった。あちこちべたべたひっつくから、吉原のもんは病が移りやすいのだと皆が言うのも、よくわかる。知らない男と肌を合わせていると、頭の中がぐちゃぐちゃになりそうなくらい、つらくてかなわない。

「ほら、ろくにおつとめしてないうちから、あきらめない。やるだけやってみたらどうなのさ。とっととお里に帰りたいんだろう？」

「できっかねえら。だいたいおまんは恥ずかしくないだか。女みたいななりして、女言葉使って」

「……恥ずかしい？」

紫野は、くっ、と笑った。

「わっちには、ろくにおつとめもしないで、逃げ出そうとすることのほうが、恥ずかしいね」

怒りで身体がかっと熱くなり、柾木は叫んだ。

「いやだから逃げて何が悪い！　なんでおまんはいつも、悠々とおいらんやってられるだ」

その問いかけに、紫野はにっこりと笑った。ここに売られてきた男遊女は皆、同じことを言って、喚いて、嘆いて、やがて、あきらめておとなしくなっていく。でもこの子は脱け出そうとするあたり、なかなか骨がありそうだと、紫野は感じていた。

「柾木。このおつとめは、そう悪いことばかりでもないんだよ。わっちに会うのを楽しみにしてくれている旦那衆がいる。誰だって辛いことはあるのさ。商売のことや、胸の中の煩わしいことや……わっちはその辛さをね、少しでも軽くしてあげたくて尽くしているのさ」

「はっ、いい気なもんだな。俺のお里じゃ明日食うもんもなくて困ってるだに、毎日御馳走を食べて飲んで歌って踊ってねんねして。それでなにが煩わしいことさ。

「金はなければないで困るだろうけどさ、あればあったでまた苦しいこともあるもんなんだよ」

「俺にはわからん。俺は必ず……必ず出るだよ。この地獄から！」

「そうかい。ここは地獄かい。でもね、心持ち次第で地獄がふるさとに変わることだってあるんだよ。どんな地獄にいたってね、誰かのために生きたいと思えば、人は、生きていけるものなんだ」

「俺は別に、そういう気持ちにはならん」

浮かない顔の柾木に苦笑しながら、紫野は、つと、足を外側に半円を描くようにして、ゆっくり歩み始めた。

「それは……」

「八の字っていうんだよ」

紫野は振り向いて笑った。

「一番になった男遊女は、男おいらんと呼ばれ、店の顔になる。この裏吉原をぐるりと、高下駄で八の字を描いて回るのさ。お前さん、舞が上手なんだってねえ。だったらできるだろう？」

「そんなの、簡単だ」

柾木は紫野がしていた時のように、右に半円、左に半円、と描きながら前へ前へと進もうとした。高下駄もはいていないのだし、すぐにできると思ったのだが、三歩目で、膝がうまく釣り合いを取れず、転んでしまった。

「これができなきゃ、男おいらんには、なれないよ。どうする？」

「男おいらんになったらいいことあるだか」

「あるともさ。たくさん稼いで早くここを出ていける。それに稼いだ金で禿たちのおかずも買ってやれる」

「わかりました。教えてください！　俺に、男おいらんの歩き方を！」

「ああ、いいともさ」

紫野はうなずいたが、その途端、軽く咳き込んで、たもとで口元を隠す。

「……でも、今夜はもう戻ろうかね。夜風で冷えたからね」

「はい」

柾木はうなずいた。

「今度は高下駄も貸してあげるから、履いてごらん」

「あのう、男おいらんになれば早くお里に帰れますか？」

真っ直ぐな柾木の問いに、紫野は笑った。

「なにもわかっちゃいないんだねえ。いいかい柾木。ただ飾るだけではこの裏吉原では売れない。大事なのはここさ。どんなに綺麗でも、人は、心の臓を揺さぶられなくちゃ、大事な巾着の紐を解いちゃくれないんだよ」

「ここ……？」

柾木は自分の胸元を押さえた。つらいと締め付けられ、うれしいととくとく鳴る、この胸元が大事なのだと紫野は言う。言っていることは難しくてよくわからないけれど、この紫野さんという人は、悪い人ではないということを、柾木はわかり始めていた。かといって、ここのおつとめを好きになれたわけではない。けれど、虫酸が走るほどいやだというほどでもなくなり始めていた。

「まったく、そんなに出たがるなんて、惚れた女にでも会いたいのかい？」

「そんな人……」

柾木は言葉に詰まった。もう、お里には戻れないと、さっき悟ったばかりなのだ。

「そんないい人、俺には、いません」

「でもそのいつも刺しているかんざし、おまえさんのいい人がくれたもんなんじゃないのかい」

「これは姉ちゃんがくれたんです」

嘘をついた。嫁にもらいたい女が身代わりにくれたものだなんて、みじめで、言えなかった。

櫻木屋の中に戻った時も、まだ皆寝ているらしく静かで、柾木の脱走に気づいたものはいなそうだった。

柾木を部屋まで送り、おいらん部屋に戻る手前で紫野は、こらえきれなくなり、布団部屋に駆け込んだ。そして四度五度、と激しく咳き込んだ。音を出さないよう、口元にしっかりと両手を当てて、そしておさまった頃にゆっくりと離す。

またた。また、血を、吐いてしまった。

赤く染まった袖口を見て、紫野はうなだれた。

養生しても、いいものを食べても、一向に良くならない。それどころか、悪くなっている。おそらく自分は、これからさらに血を出す量が増え、いつかは心の臓が止まってしまうのだろう。

……その前に、なんとかしなければ……。

紫野は胸のむかむかを戒めるかのように、えへん、と咳払いをした。

・・・・・五・・・・・

昼過ぎに、おやじがどかどかと二階にある男遊女たちの部屋に入ってきた。

おやじの後ろに、何か小さな影があるのを目ざとく見つけた深雪と朝顔が、駆け寄っていく。

「小さい子だ！」

「新しい禿？」

「ああ、そうだ。おい、名前言いな」

小さな男の子はおずおずと前に出た。深雪や朝顔よりも、さらに小さい、十もいってなさそうな子だった。髪もまだ整えておらず、童子《わらし》のようにぼさっと顔を覆っている。真ん丸い目にいっぱい涙を浮かべながら、その子は、消え入りそうな声でこう言った。

「俺……、三郎」

「そうじゃねえだろう？　今つけてやった源氏名《げんじな》があるだろう？」

「俺、三郎がいい。死んだじいちゃんがつけてくれた名前なんだ」

「だめだそんな名前じゃ売れねえ。いいか、今日からおめえは若梅なんだ。おい、おめえら色々教えてやんな」

おやじはそれだけ言うと、若梅を残し、下りていった。

千早がおやつを見せて、気を引こうとするが、若梅はしくしく泣きはじめた。千早は彼の前にしゃがみ込み、話を聞く態勢に入る。

「……三郎がいいんだい……。若梅なんていやだい」

「可哀想だけど、これは決まりだからね、おまえは今日から若梅なんだよ」

「帰りたいのに、十年ここにいろって言われたよ」

「それも決まりだから、しかたないよ」

「うちに帰りたいよ」

　若梅は一向に泣き止まない。たまりかねて深雪と朝顔が声をかけた。

「泣くなよぉ。俺はここに来て一年経つけど、そんなに泣いたことないぞ」

「そうだよ。どんなにひもじくても、あたしは、負けないよ」

　同じくらいの年の子に諭され、やっと三郎は顔を上げた。泣いてもどうにもならないのだということに気づいたらしかった。

「俺だって……、俺だって、負けないやい」

「よし、その意気だ。さあもう涙を拭きな。若梅のお国はどこなの？」

「安西だよ」

「……安西？」

　柾木はびくっとして振り返った。

「驚いたな。俺も、安西だよ。神永のほう」

　聞いてみると、若梅は上の里のほうから来たという。柾木のところより飢饉が進んでいたあの里だった。

「知ってら、神永」

若梅も顔を輝かせた。

「知ってらあな。毎年、さくら祭りはいっしょにやっただから」

柾木は低く、口笛を吹いた。その音色に若梅は立ち上がった。

「祭りだ！　さくら祭りだ！」

「ああ、そうだよ」

胸が熱くなっていた。泣いている子を自分が元気づけることができるのがうれしかった。

静かに柾木がさくら祭りの踊りを踊り出すと、後ろから若梅がぴょこぴょこついてきた。

「うまいじゃん、いい子だ……」

「桜だあ……おっかあ……」

しかし踊りの途中で、お里を思い出したのだろう、若梅はまた泣き出した。

柾木はかがみ込み、若梅を抱きしめた。自分が今してあげられるのは、これしかなかったから。

「こんなちっこいのに、ここに来てさみしいらなあ」

そしてこの言葉が、不意に口をついて出た。

「今日から俺が、お前の兄ちゃんになるよ」

若梅はしばらく黙っていたが、やがて、柾木の背中に小さな両手を回し、抱きつき返した。

「うん。俺、弟になってやらあ」

若梅は泣き止んだのに、なぜか、柾木は泣いていた。

こんな裏吉原のはしっこの、お里にも言えんようなとこで、これからこの子は大人になるまで過ごすのだ。そして誰かに初物として売られ、身が引き裂かれるような思いをするのだ。

それを思うと、涙が止まらなくなった。

「なんで兄ちゃんが泣いてんだよ」

若梅が笑った。柾木も笑い返した。

「俺たちは……兄と弟だよ……」

さあ、これから忙しくなるらあな。

自分のだけじゃなく、このちっこい弟のおかずや着物の分まで、稼いでやらなくっちゃ……。

紫野さんの言っていたことが、初めてわかった気がした。

誰かのために。

誰かのために生きよう、ということの気持ちこそが、ずっと柾木が見失っていたものだった。

姉のおきよに会った時は、ただただせつなくて、こういう気持ちは湧いてはこなかった。

でも今は違う。身体がぴんと張り、その中を新しい血がさあさあと巡っていた。

俺はこの子のために、おつとめしよう。おつとめできる……。

その夜、柾木はしばらく寝つけず、また外に出た。

でももう、木戸から出ようとはしない。柾木はその縁に座ると、頭につけていたかんざしを取り、ぽちゃんと川に落とした。櫻木屋の脇には赤く塗られた橋があり、その下を小さな川が流れている。木で作られていたかんざしは、ぷかりと浮いて、裏吉原ではないところへ、流れ去っていった。それと一緒に、柾木のおみっちゃんへの気持ちも、流れていった気がした。

柾木はうなだれ、しばらく腰を上げることができなかった。

自分も、姉ちゃんも、お里のせいでこんなことになっている。そしてお里を守るためにいやなおつとめをしているのに、お里に戻ることもできない。何かがおかしい。何かが……。

でもそれでもなんでも、柾木は、ここで生きていかなくては、ならなかった。

第四章

……一……


蒸し蒸しとする季節になった。

江戸の湿気はかなりのもので、柾木は閉口した。

小さな遊郭がくっついて並んでいるこの吉原では、風の通り道が少ない。お里の家のように、原っぱの真ん中に立っていれば、戸や窓を開けておくだけで、風がいくらかは抜けていったものだけど、ここではそうはいかない。どんよりとした気がずっと郭の中に留まり、柾木の身体をべとつかせている。

「おめえら、昼見世するから早く出ろ」

おやじだけは、妙に張り切っている。

というのも、この暑い時期が、裏吉原での稼ぎ時なのだという。

こんなべとべとした時に、さらにべとべとしに来る客の気が知れないが、確かに郭は賑わっていた。この時期は夜見世だけじゃなく、昼見世もする。皆、暑くて昼に働かず、その代わり、裏吉原を冷やかしにやってくるのだ。

「おい柾木、早く踊れ！」

おやじにせかされ、柾木は赤い格子の中で、桃色の羽織をまとい、妖艶に舞い始める。

張見世での柾木の舞は評判になっていて、足を止める男たちも多かった。男たちは男おいらん道中や男遊女の舞など、江戸でしか観られない珍しいものを眺めては喜んで帰っていく。

柾木は、踊っている時だけは、いやなことをみんな忘れていられた。

ただ三味線の音色に身体を乗せて舞い続けていると、自分を封じ込めている赤い格子も消え、空を自由に飛んでいるかのような心地になることがある。あの一瞬の心地よさがうれしくて、今日も、柾木は舞う。一瞬だけでも、自由の身に、なりたいからだった。

いっぽう、光祐もまた、江戸の蒸し暑さに参っていた。

上野の不忍池には蓮の葉がにょきにょきと伸び、薄紫の花が咲き乱れ、人々が極楽浄土だとありがたがっている。こんなにものすごい様子は江戸に来たからこそ見ることができる。きれいだなあと考えると、そのたびに、柾木もこれを見ただろうか、と思い出してしまう。

柾木がいるという呉服屋は、いまだに見つからなかった。はじめのうちは、隅から隅までしらみつぶしにあいつを探してやると息巻いていたのだけれど、医塾の勉強に追われて、出かけることすらままならない日が続いていた。いざ思い立って里を出てきてはみたが、江戸は広すぎるし、医者への道は厳しすぎる。

(柾木を追いかけて来ただに……)

どうしているのだろうか。珍しいものを見たり、うまいものを食ったりしているときに、あいつを思い出す。あいつにも見せたり分けたりしてやりたい、と……。

今日は、光祐は、宗次郎先生の付き添いで、吉原に来ていた。

蒸し暑く、人々は入口で冷やし甘酒を買い、それをちびちび飲みながら吉原見物をしていた。

ここに遊女が大勢おつとめしているということは、江戸に出る前に友達の誰かから聞いていた。綺麗な姉ちゃんがいっぱいいて、金を払えば一晩一緒に寝てくれるのだ、と。

どういうことをしてくれるのかということは、光祐はもうわかっていた。アレだ。さくら祭りの夜にサキがしてくれたことだ。あんなはしたなくて艶《なまめ》かしいことを、この、格子の中にずらりと並んだ綺麗なお姉さんたちがしてくれるというのだから、江戸は金さえあれば何でもできるというのは、本当のことだったのかもしれなかった。

「どうだい、好みの女はいたかな」

宗次郎が、なぜここに光祐を連れてきたかというと、もちろん女と遊ぶためではない。医者として「からだしらべ」をするので、その手伝いとして塾生を連れてきているのだ。

薄桃色や赤などの襦袢姿だけで遊女が宗次郎の前に並び、乳房を見せる。その様子でいちいちどぎまぎしていては医者になどなれない。そう思うと光祐も特に何も感じなかった。この界隈の診察では、胸の音をよく聞いておいたほうがいい。肺をやられているかどうか、わかりやすいからだ。ろくに日に当たらず、じめっとした部屋の中で知らない男と肌を重ねている彼女たちは、肺をやられやすかった。今日も検診でふたりほど、胸からぜろぜろと何かが詰まっているかのような音が出た遊女がいた。早く病《やまい》を見つけて養生させれば大事に至らずに済む。病を防ぐのも医者のつとめのひとつなのだと、光祐は宗次郎に教えられていた。

宗次郎先生は立派な人なのだが、まだ嫁をもらっていないということもあり、時には吉原で遊ぶこともある、ということは、医塾の先輩から聞いて知っていた。なかなかの女好きらしく、泊まって朝に帰って来ることもあるのだという。けれど、どこの誰をごひいきなのかまでは、塾生たちは知らなかった。からだしらべをしている時も、とりたてて親しそうにしてくる女はいなかった。江戸では名の知られている先生のことだから、きっと影でこっそり上手に遊んでいるのだろう。

「光祐くんはよく学んでいるし、どんなことにも動じない強さがあるね」

からだしらべを終え、郭を出た時、宗次郎はそう言った。

「とんでもないです。俺なんてまだまだです」

「いや、君はきっといい医者になるよ。どうしてそんなに医者になりたいんだね」

「身体の弱い友達がいるんです。そいつを助けたいという気持ちが始まりでした」

「そうか、君は本当に情のある男だね」

宗次郎は光祐を気に入ったらしかった。

「今日はもう少し奥まで行こう。あまり大騒ぎしない塾生だけ連れていってやるところだ」

「はい」

「裏吉原というんだが、知ってるかな」

「いえ、裏とはどういうことですか」

「まあ、行けばわかる。なかなかね、興味深いところだよ」

「はい！　ありがとうございます！」

自分は選ばれて連れていってもらえる。それが嬉しくて、光祐はいそいそと先生の後について、小さな木戸を通り抜けた。

お天道様もどこかじっとりとした光を格子窓に投げてくる昼過ぎに、柾木はひとり、踊っていた。

今日は月に一度の観音様の日だとかで、浅草中が賑わっており、その流れで、早い時分からこの辺りにまで客が流れて来ている。紫野さんは最初から宴席の約束があり、張見世には出なかったし、何人かの男遊女もそちらを手伝いに行っている。飛竜はいつもの金ちゃんが、貢ぎ物を抱えて現れ、いちゃいちゃしながら上がっていった。最後に、千早と柾木だけが残されたが、例のあんちゃんがやって来て、そそくさと上に行った。金ちゃんは金がありそうだからいいが、あんちゃんという人はどうも薄汚れているので、あいつは大丈夫なのかとおやじがぼやきながら、そろばんを弾きに奥へと行ってしまった。

誰もいなくなり、広くなった張見世の中で、柾木は踊っていた。

何人かがほう、と足をとめる。そのひとりひとりに思わせぶりな目線を投げることくらいは、近頃の柾木にはできるようになっていた。

舞を踊り終わると、何人かは投げ銭をしてくれる。それは柾木や禿たちの今夜のおかず代になる。助けたい人がいるから、つらいおつとめも頑張れる。このごろの柾木は、よく花もつくようになっていた。

手鏡を見るたびに、女々しくなっていく自分に柾木も気づいていた。

女のようにしなを作ったほうが、男は悦ぶ。男か女かわからんな、などと言いながら、一晩の淫らな時を楽しむのだ。一瞬の夢を、彼らに見せてやることが自分のつとめなのだと、やっと柾木はわかり始めていた。だから、もっと女らしく、もっと綺麗になれるよう、鏡に向かって工夫も怠らない。すべてはここを出るためなのだ。

もともと色が白く、ほっそりとした線の柾木が己を磨き始めたので、その姿は人目を引く。長いまつ毛に黒く艶のある髪も伴い、男とは思えないほどの妖艶さが一瞬現れる。けれど大部分は、右も左もよくわからないような田舎もの。この二つの顔の違いを男たちは楽しんでいるらしかった。

今日は、夜見世には出られない。宗次郎先生の宴が入っているからだ。

だから踊れるのは今しかない。柾木は、男たちの目線を浴びながら、袖をひらりひらりと揺らして、くるくると踊り続けた。

その時、何か、他の男とは違う、強い目線とぶつかった。

どこかで見たことがある、凛々しい眉で、がっちりとした肩の、男がそこにいた。

「……まさき……？」

男の唇が、そう動いた。
驚きで、柾木は一瞬、動きを止めた。
（こうすけ……!?）
なぜ、ここにいる？
柾木も、そして光祐も信じられないという顔で、お互いを見つめた。
そして次の瞬間、柾木は袖で顔を隠し、部屋をすうっ、と出ていった。
男は、確かに光祐だった。けれど、柾木は知らん顔をしなくてはならなかった。
今の自分はどうだ。
桃色の羽織をまとって、女のように腰をくねくねさせながら、男を誘っている。
こんな俺を、見せるわけにいかない。
「待て！　柾木！　柾木なんだろッ!?」
悲痛な声が背中に浴びせられる。
けれど、柾木は振り返らず、郭の奥へと逃げ込んだ。

……二……

柾木は光祐から逃げ切れることは、できなかった。

すぐに宗次郎先生のからだしらべが始まったからだ。

その時、宗次郎の隣に、光祐が座った。それで初めて、光祐が宗次郎の医塾に入ったのだということを知ったのだった。

「柾木、おまん、柾木なんだろ?」

柾木の番になった時、光祐は小声でそう尋ねてきた。シラを切り通そうとしたのに、宗次郎がこれに気づいた。

「ん? ふたりは知り合いなのか?」

「先生、俺の幼なじみかもしれないです」

「柾木くんがか? そういえば同じ訛りだな」

「やはり柾木け。おまん、なんでこんなとこに」

柾木は曖昧に笑い、宗次郎の前で胸をはだけた。

光祐に肌を晒すなんて、珍しいことではなかった。川で泳ぐ時、一緒に山の温泉に浸かりに行った時……。隠すものもなく、おおっぴらに付き合ってきた仲だったはずなのに。今は、宗次郎先生の横でじっとこちらを見ている彼の目に、たまらない気恥ずかしさを感じていた。光祐が教わっているこの宗次郎先生に、俺は、抱かれている。めちゃくちゃに突き刺されている。

今まで何でも悩みを打ち明けてきた友だったが、このことはどうしたって言えそうになかった。

「どうだい、お里にいた頃と比べて柾木くんは」

「はあ……、えらく色が白く細くなりました」

「そうか。まあここはそういうなりが商売なんで、しかたあるまい」

宗次郎はそう頷いた。


そして宗次郎先生の宴が始まった。

一番のお気に入りなのだから、今夜は忙しくてなどと言って逃げるわけにはいかなかった。そしてその宴の席には光祐も座っていた。毎度、宗次郎が連れてくる医塾生とも一緒に飲んではいるけれど、光祐の前で男遊女として振る舞うのは、身体から火が出るかのように恥ずかしかった。

積もる話もあるだろう、と柾木は光祐の隣に座らされた。

女の着物にかんざしを差している姿で、光祐に酒を注ぐと、彼もひどく居心地が悪そうだった。

「おまん、なんでこんなとこにいるだ。呉服屋に奉公に行くっつってらに」

「いろいろあって、ここでお世話になってます」

「いろいろってなんだ。おとっつぁんはこのこと知ってるだか」

「はい」

「なんてこんだ。金か、金がいるのか」

「はい、まあ」

「おまん、いつもここで、男に抱かれてるだか」

　柾木は一瞬、言葉に詰まった。けれど違うとは言えなかった。

「それが、つとめ、ですから」

「なんつこんだ」

　光祐は酒を煽った。

　呉服屋を何軒覗いてもいないはずだ。自分が柾木を探し歩いているとき、柾木は男遊郭で客と寝ていたということか。どうしてもっと早く見つけてやれなかったのだろう。すぐにでも連れ帰らねば。光祐はそんな焦りでいっぱいになっていた。

「なあ、お里に戻ろう。俺は盆にお里にいったん戻る。そのとき、一緒に帰ろう。そしておまんのおとっつぁんとも話そう」

「盆にもつとめがあって、戻れません」

「じゃあ俺だけでも行って、話してくっから。おまん、顔の色が白すぎる。ここから出ないと病にかかっちもう」

「あの」

柾木は光祐の袖を引っ張り、そっと耳元に囁きかけた。

「俺のことはいい。姉ちゃんが、吉原にいる。姉ちゃんを助けてやってくれ。えらく痩せちまってる」

「姉ちゃんって……おきよさんのこんか」

「ああ」

「遊女になっただか」

「ああ」

「なんつこんだ、おきよさんもか」

光祐はぐうっと酒を煽った。柾木は酒を注いだ。お互いにそうでもしないと、やりきれなかった。しばらく互いに無言の時を経た後で、柾木が切り出した。

「光祐、お前はもうここには来るな。ここはお前が来るようなところじゃない」

「けんど……」

光祐は変わり果てた柾木を置いて去るのをためらったが、柾木にきっぱり拒まれた。

「俺のことは俺がなんとかするさ。せっせと稼いでここを出る。お前にはこんななりを見られたくない。頼むからもう来んな」

その頃、宗次郎は廊下で紫野と難しい顔をして話をしていた。

からだしらべの時に、紫野の胸の音があまり良くなかったので、気にしていたのだった。

「紫野さん、しばらくおつとめを休んで里にでも戻ったほうがいい」

「わっちにはお里なんてありゃしませんから」

紫野は首を横に振った。本当に家がない。おとっつぁんもおかっつあんも、とっくに死んでしまって、家もないのだった。

「いや、だめだ。これはうつる病なんだ。このままだと郭の客も、男遊女たちもあぶない」

「……うつるんですか」

「そうだ。だから少しおつとめを休んで、どこかお天道様の当たるところで養生を」

「先生、わっちは少し休めば戻って来れるんですか」

「それは……」

曇った宗次郎の顔を見て、紫野はすべてを悟った。

血を吐いているのだし、身体も熱っぽいし、まともなわけはないと思ったが、やはり、そうだったのだ。

「まあ、それじゃあ、みんなにうつるのはよくないですし、先生の言うとおり、少し休むことにいたしましょう」

「そうか、わかってくれるか」

宗次郎のほっとした顔を見て、紫野も嬉しくなった。

誰かを喜ばせたくて、男おいらんになったのだから。

「それじゃあどこか、いい湯治場でも探しておかなきゃなりませんね」

「そうだな、ゆっくり湯に浸かるのもいいだろう」


二人して宴に戻ると、なぜなのか、宴の席は気まずそうに静まり返っており、柾木もうつむいている。

「なんだろうねえ、ちょっと席を外していたら、このしめっぽさは。柾木、景気づけに八の字でも踏んでごらん」

紫野は三味線を弾き始めた。

「でも……」

「いいから」

紫野さんに命じられては逆らえない。柾木は三味線の音に合わせ、ゆっくりと座敷で八の字を踏んで回った。

「柾木もできるようになったのか」

宗次郎先生が、目を細めて喜んでいる。

紫野も、瞳を潤ませて、柾木を眺めていた。


「あの妙な歩きかたは……なんですか」

光祐は隣に座った男遊女に尋ねた。

「八の字です。男おいらんになった時にあの歩きかたで、道中を踏むんですよ」

「ほんなこんするだか」

「そうです。なるべく本物の吉原と違わないようにしているみたいですよ」

男遊女は光祐にしなだれかかってくる。お香の匂いがぷんと鼻についた。

「ねえ今夜は泊まっていくんでしょう?」

「いや俺は」

「ねえ私、一緒に寝たいな」

彼女に膝を撫で回されて初めて、お床をせがまれているのだと気づき、光祐は焦った。

「いやいや、俺は、からだしらべに来ただけだから」

「先生は泊まっていくっていってたから、一緒に泊まってだいじょうぶだよ。いつもお弟子さんも泊めてあげてるもん」

見知らぬ、黒髪を長く伸ばした男遊女は、光祐の太ももに両手を置いてねだっている。

光祐はなんと答えていいのかわからず、もう、やりたいようにさせておいた。

そして、脚を撫で回されながら、柾木もこんなことを客にしてるのか……と胸が痛くなった。

この痛みは、肺を病んでいるからではない。どこも悪くはないが、奥のほうが、ずきん、と痛みを訴えてきた。


……三……


先ほど、男遊女が言ったことは、嘘ではなかった。

柾木が八の字を踏み終え、宴がまた賑やかさを取り戻してしばらくすると、宗次郎先生が、

「じゃあそろそろ休もうかな」

と言い始めたので、光祐はどきっとした。

男遊女たちが宗次郎に群がり、私、私とせがんでいる。一緒に寝るということは、花がつき、稼ぎにつながるため、皆、江戸の名医の宗次郎先生の寵愛を受けようと必死だった。

「どの子にします?」

まるで好きな飴玉を選ばせるかのように、おやじさんが宗次郎先生に尋ねている。

今まで先生がはまったのはどの遊女なのかがわからなかったのは、裏吉原で男遊女と遊んでいたからなのだろう。

先生は、男が好きなのか、それとも男でも女でもどちらでもいけるのか、そういうことは、わからない。けれど宗次郎先生は実に楽しそうにしている。白い歯を見せて笑っていて、いつものしかめっつらの先生とは大違いだった。

「じゃあ……、今夜も柾木で」

宗次郎から出てきた言葉に、光祐は胸を突き破られたかと思うくらいの衝撃を受けた。

いま、先生は、柾木、と言った。

そして柾木は嬉しそうに微笑み、先生と手と手を取り合って、奥へと消えていった。

光祐のほうは一度も見なかった。

あまりのことに光祐はぼうぜんとした。

つこんは、宗次郎先生は、柾木と、寝るだか。

それから、先生は「今夜も柾木と」と言っていた。

つこんは、宗次郎先生と柾木は、前から……。

……言葉が何も、出てこなかった。

あまりにも驚くと、人は、何も言えなくなるらしい。

「……なあ」

光祐は隣の男遊女に耳打ちした。

「おまん、客と寝たことあるか」

「そりゃもちろん」

目が細い、日本人形みたいな長い黒髪のその男遊女は、胸を張った。

「男と男が寝るときは、何をするだ」

「何って……、ああ、もしかして、何も知らないんだね」

男遊女はふふっ、と笑った。

「試してみたら？　教えてあげるよ」

「いや、俺は帰る」

光祐はふらふらと立ち上がり、郭を出ていこうとした。誰も止めなかった。

郭の外に出て、その瞬間、駆け出そうとしたところで、

「光祐さん！」

と鋭い声がした。

紫野が、追いかけてきた。

放って逃げようとしたのだが、怖い顔をしているので足を止めた。

「……なんですか」

紫野はいきなり、切り出した。

「おや泣きそうな顔をしてるねえ。おまえさん、柾木に惚れてるんだね」

「なに言ってるだ！　あいつは幼なじみだし男だ」

顔がかあっ、と熱くなる。俺はそういうのとは違う、と叫びたかった。

「その幼なじみの男にあんなにおたおたして……素直じゃない子だね」

「おかしなこと言うな！　この裏吉原は変だ。男が男にだなんて。おかしくなりそうだ」

「そうかい。そうかもしれないね。でも、柾木はそのおかしなところで、必死にがんばっているんだよ。柾木のほうがもっと気がおかしくなってしまいそうなんだよ」

「……柾木」

「あの子はね、つらい日々の中でも、おとっつぁんやおかっつあんのことを考えて、辛抱してるのさ。本当は、どんなにかお里に帰りたいか。ここでまた会えたのも何かのご縁。これからは柾木の支えになってやっておくれよ」

「おれはっ……」

光祐は後ずさりした。今見聞きしたことを、全て忘れたかった。

柾木が女みたいになって、宗次郎先生のいやらしい視線を浴びていたことも。

「おまえさん、お医者になるんだろう？　柾木が壊れてしまわないためには、おまえさんの力がいるんだよ。わかるだろう？　あの子を達者でここを出られるようにしてやっておくれよ。頼んだよ」

紫野が何度も頼み込む姿に光祐は胸を打たれた。

この人は本気で柾木を案じてくれているのだ。

「……ああ、わかった。幼なじみだ。放っておけるか。赤ん坊の頃から、俺と柾木はずっと一緒だった。これからも一緒さ」

「そうかい。よかった、よかった」

紫野はにこっと笑った。女だったらぞっとするほどの美しさだが、この人は、男なのだ。

「あの」

光祐は聞いた。

「なんでここの人は、女のように振る舞ってるんですか。男のまんまじゃいやなんですか？」

紫野は、光祐の顔をまじまじと見た。

「まあ、そんなこと聞いてくる子は、初めてだよ」

くくっ、と彼は笑った。

「何も好きこのんで女になってるわけじゃない。そのほうが稼げるから。それだけなんだよ」

「稼ぎ稼ぎって、みんな金のことしか頭にないだか」

「違うよ。おばかさんだねえ。早く稼いだらそれだけ早くここを出られるからなんだよ」

「……」

「だからねえ、柾木が女みたいになっていても、叱らないでいてやってくれないかい。このごろやっと、気持ちが外に向かうようになったんだ。始めのうちは逃げることばっか、考えていて、どうなるかと気を揉んだんだよ。あの子は、あの子なりに、稼いでここを出てやろうと考えるようになったんだよ」

「……」

光祐は何も言えなかった。あまりにも暗く重い闇に、幼なじみが取り憑かれている。

自分はいったい、何をすればいいのか見当もつかなかった。

柾木と宗次郎は部屋を出て行ったきり、戻って来ない。ふたりきりで何をしているのか、それを考えることが、怖かった。

「……光祐は、帰ったかな」

ふと、宗次郎が動きを止めた。

「見て……きましょうか」

「いや、いい。好きな男遊女と寝ていいと言っておいたのだが」

「だったら……遊んでいるのでは……」

柾木はぷいと横を向いた。

「どうだろうね。柾木が連れていかれたときに、随分気落ちしていたよ。あれは、柾木に惚れてる顔だった」

「まさか。ただの幼なじみです」

「そうだな。それにいくら光祐が柾木を望んだところで、柾木は、今夜、私のものだからな」

宗次郎がまた動き始めた。

熱い塊が、柾木の中を蠢き、柾木はただひたすらその刺激に耐えた。

ふたりの息づかいだけが、部屋に満ちていった。


……四……

飛竜は張見世の中で、寝っ転がっていた。

こう毎日暑っ苦しいと、扇子で煽いだくらいじゃあ、ちっとも楽にならないからだ。

おやじや紫野には叱られるが、わざとそうしているというところもある。

人にさからうような男遊女と遊びたがる男がいるのだ。気が強いのをなだめつけて、うまく床入りさせる。そしてその男遊女が自分だけに気持ちのいい顔を見せるその時が、たまらないのだそうだ。

だから飛竜はわざと寝転がり、富くじの当たり番号を調べている。

このごろ、郭では富くじが流行っていた。裏吉原のほうにまで、富くじ売りが足を伸ばすようになり、手に入りやすくなったからだ。

一晩のおかず代をがまんするくらいの金で、夢が買えた。

もし当たれば、ここを出ていけるほどの金が手に入るのだから。

「……飛竜！」

その時、大きい声で、名を呼ばれた。

「飛竜、金ちゃんだよ」

千早が小声で肩を揺すってくるが、飛竜はわざと寝たふりをした。

「ちょいと、飛竜ったら。今夜金ちゃんが来るって聞いてたんだろ？」

「う……ん」

大きく伸びをした飛竜は、まだ金太郎のほうを見ない。

ああいうすぐ熱くなる男は、少しジラしたくらいのほうが、燃え上がるだろうからだ。

それにこのごろ、飛竜は金太郎にあきていた。

あいつは大きな紙問屋の息子のくせに、大した力を持っていない。親からたっぷり小遣いはもらうが、それだけだ。親に裏吉原遊びのことを隠しているので、飛竜ひとり足抜けさせることもできないのだった。

けれど、飛竜が引き気味になったら、かえって金太郎は追ってきた。飛竜が一番いい、と言うのだ。

「おめえときたら、女だと思ったら男でよお。それでも忘れられなくってよお。女よりも綺麗で、やることなすことときまってるんだよ」

と金太郎は褒める。そのへんの女と一緒にするな、とそれを聞くたびに飛竜は鼻で笑う。

俺は男だ。男には男にしかわからない気持ちの良さってもんがある。それをわかってるんだから、女よりもよっぽど、男を手玉に取りやすいのさ、と。

「飛竜」

金太郎はすっかりこの飛竜の強さに惚れ込み、今では膝枕で甘えてくる。

「ごろごろする前に、かんざしは持ってきてくれたのかい」

「ああ。ほれ、おめえの欲しがってたさんごのかんざしだ。高かったんだぞお」

飛竜は受け取り、にこりと笑った。さんごは売れば高い金になるから、ありがたいのだった。

「あんがと」

「ったく、ねだるだけねだるし、おめえは金がかさむやつだよ。何か欲しい時だけ、可愛い声を出しやがって。俺はお前の巾着か？　でもな、それでも会いてえんだよなあ」

「巾着なんかじゃないよ」

飛竜は耳元に息を吹きかける。この息のかけかただって、女がやる時よりずっと荒っぽい。そのほうが、いい心地になるからだ。金太郎もぶるっ、と反応している。

「金ちゃんは、飛竜のだいじなひと」

本当に大事だった。だってこの人の親は、大金持ちなのだから。

「ほんとうに信じられる旦那は金ちゃんだけなんだよ。頼りにしてんだよ、あ・ん・た」

「あんた、か、ハハハ、なんだか夫婦にでもなったみてえだな」

金太郎は調子良く笑う。この人は、何か欲しいといえば大抵のものは買ってくれる。けれど、水揚げの話になると、言葉を濁すのだった。

「ねえ、ここから出て、あんたとふたりで暮らしたいよ」

今夜も飛竜はそう言ってねだるが、金太郎はそうだな、としか言ってくれない。

「もういいよ。俺と暮らす気なんか、ないんだろ。俺なんて、遊びなんだろ」

飛竜は拗ねて背を向けた。金太郎は慌ててすがってくる。

「おい飛竜。俺もな、おめえを真似て、買ってみたんだよ、ほら」

金太郎が見せてくれたのは、富くじだった。しかも、百枚以上はある。

「あんた、こんなにいきなり買って。外れたらどうするんだい」

「外さねえ。当てて、おまえを身請けするんだ」

富くじで水揚げするつもりかい、と飛竜は呆れた。

それにしてもこちらは一枚買うのがやっとなのに百枚とは、金太郎はやっぱり金を持っているのだ。

「だから、な、飛竜……」

早く飛竜を抱きたくてにじりよってくる金太郎に、悔し紛れにさらに飛竜はねだった。

「ねえ、飛竜あんたとおそろいの浴衣がほしいな。そういうのがあると、ふたりの仲がずっと続くんだって」

「おめえ、浴衣くらい……富くじ当たってみろ、着物買ってやる。京友禅だって、加賀友禅だって、すげえやつ買ってやるぞ」

「ほんと……じゃあ、おそろいの帯と下駄も揃えなきゃね」

「ああ、そうだな。」

「ねえ、うちは一日でも早くあんたと一緒になりたい。ね、きっとここから出しておくれよ」

「ああ、くじが当たるまで買い続けてやるさ」

「きっとだよ」

金太郎に押し倒されながら、飛竜は富くじが当たり、ここを出ていく自分の姿を考えた。

いい服を着て、いい家に住もう。

でも、残されたあいつらはどうなるんだろう。ずっと郭暮らしのままだろうか。

お里の借りに追われ、あえいでいる柾木や千早の顔が浮かんでくる。

飛竜は目をつぶり、金太郎に集中した。彼は飛竜の小さな乳首を吸っている。

「あんっ」

声をあげて身悶えしながら、飛竜は郭のお仲間のことを頭から消していった。

知らない知らない。自分のことは自分で片づけてもらわなきゃ……。

こんなとこ、てめぇの身を守るだけで、精一杯なんだから。

・・・・・五・・・・・

あんちゃんがまた窓を僅かに開けて、外を見ているのを、千早は見つけた。

追っ手などあの日以来見ていないのに、彼はまだ何かを気にしている。

気が小さい人なのかもしれない。ずっとこの部屋に隠れていてもいいよと言っても、遠慮して、二、三日どこかに消えることもある。どこに行ってるのかは知らない。もしかしたら他にもこういう隠れ場所があって、転々としているのかもしれない。

「あんちゃんは、逃げてるってことは、何かしでかしたのかい」

「おまえな、あんちゃんって呼ぶのはやめろと言ってるのに……」

「だって呼びたいんだよ、あんちゃんって」

「俺はおまえのあんちゃんじゃないんだぞ」

「それでもいい。あんちゃんって呼べる人が欲しかったんだ、俺」

千早は立ち上がり、彼の背中にすがった。

そう、こんな風に、誰か、甘えられる人がずっと、欲しかったのだ。

「ずっとあんちゃんと一緒にこうしていたいんだよ」

そう、今までずっと、こうしてきた。

お里でも、あんちゃんの背中を追いかけて、すがって、甘えて、生きてきた。

自分ひとりでがんばらなくても、あんちゃんがいつだって何とかしてくれた。これからもずっとそうだと思っていたのだ。

ひとり、裏吉原に放り出され、ほら稼いでみぃ、と言われても、ひとりで何かをするなんてことには、慣れていない。お客を上手に騙してお金をもらうなんて、神業のように思えた。おねだり上手な飛竜が次々といいものをもらっているのを見て、ちょっとは真似してみたいと思うけれど、結局は何も言えない。せいぜい、客から土産のまんじゅうをもらうくらいが関の山だった。

この男だったら、いい。

千早は背中に頬をすりつけた。こんなに甘えたって、この人は俺を邪険に扱ったりしない。だって、金も払わず郭に置ってもらっているのだ。阻末に扱えないのだろう。

「俺は、人を殺して逃げてるのかもしれないぞ」

あんちゃんがぽつりと言う。

「それでも、俺は、あんちゃんが好きだよ」

彼の着物をきゅっと掴み、千早はすがる。

「お前さんが何者だっていい。こうしてそばにいられれば、それでいいんだよ。あんちゃん。ここにいる間だけでいい。俺のあんちゃでいておくれよ。あんちゃんさえいてくれたら、俺……」

「千早……」

ふいにあんちゃんの顔がゆるみ、千早の両肩に手を置いた。

男には手が伸びないのか、今までずっと、触れてもこなかった人なのに。

「千早、俺はな、役者、やってたんだ」

「役者？　お芝居かい？」

あんちゃんは、ゆっくりとうなずいた。

「ああ。下っ端の、見習い役者だったのさ。だがな、この前木戸銭を持ち逃げしたもんだから、それで追われてるのよ」

「なんだってそんなこと」

あんちゃんは唇を噛んだ。

「医者代さ」

「どこか悪いのかい」

「ああ。俺のおっかさんが心の臓を悪くして、それで薬代が高くて、つい、魔がさして」

「それでおっかさんは」

「……俺が金を持っていったときには、もう」

「じゃあ、その金は」

「おっかさんの家に隠してある」

「だったらそれ持ってって謝ればいいじゃないか」

「そんな虫のいい話があるか」

あんちゃんは唇を歪ませた。

「俺は盗っ人だ。盗みをはたらいた奴なんて、きっと二度と、板の上に立たせてはもらえねえよ」

「なんでそう決めつけるんだい」

千早は、なぜかわくわくとしていた。

「あんちゃん、お芝居に戻りたいんだろ?」

「……でももう無理だよ」

「無理じゃない! ねえ、謝りに行こう。俺も一緒に謝ってやるから、さ」

目の前にいるこの暗い顔をしたあんちゃんは、舞台ではどんな顔をしているのだろう。どうにもむずむずした。なんだ、あんちゃんは、すごい人だったんじゃないか。

「俺、あんちゃんが舞台に出てるの、観たいよ」

千早はあんちゃんの胸に両手を置いた。

「千早……」

あんちゃんが、ほっとしたように笑う。

「おまえ、いい奴だな。俺なんかのために、そんなこと言ってくれて」

「なんだよ、今ごろいい奴だってこと、わかったのかい」

「まあな。今日までは、なんかびらびらした着物の変わった奴だなと思ってた」

「ひどいじゃないか。これはおつとめの着物だよ」

「すまん。だが、良く似合ってるぞ」

「嘘。田舎者の俺に、こんな女着物、似合うわけ……」

千早はそこまで言って、はっとした。

あんちゃんの顔が、すぐそこまで近づいていた。

そして、あんちゃんの唇が、千早の唇を包み込む。

(あんちゃん……?)

何度も泊まっていたけれど、こんなことをしてくるのは、初めてだった。

あんちゃんの唇からは、タバコの匂いがした。

頭がくらくらするほど、幸せだった。

毎日、こうだったらいいのに。毎日、あんちゃんと眠れれば、いいのに。

「あんちゃ……」

このまま、時が止まってしまえばいい。こんなことしてもらえるの、もしかしたら今日だけかも、しれないから。

きつくあんちゃんを抱きしめながら、千早は目を閉じた。

何年かかってもいい。ここを出て、この人と暮らしたい。

千早は頭を二度三度、左右に振った。

あんちゃんを泊めた日のお代は、千早のツケになっている。もう何日も泊まっているから、結構な額になっているはずだ。ただでさえ花がつかなくて、借りが増えるばかりだというのに、千早はあんちゃんのお代までをも抱え込んでいた。

でも、自分がここを出る日がいくら延びても、かまわなかった。

あんちゃんと過ごせている。

この今のきらめきのためだったら、金なんて惜しくはなかった。

だから千早は今日もまた、この後で、あんちゃんではない客の部屋に行き、抱かれなくてはならなかった。あんちゃんを助けるためだったら、千早は、何でもできた。

大好きな人を生かすためなら、何だってできるのだ。

第五章

……一……

秋の声が聞こえてくる頃、江戸の町に緊張が走った。

はしかが大流行したのである。

いつもなら春先に流行るはずなのに、季節外れのこの時期にやってきたものだから、宗次郎先生も忙しくなった。

はしかは「命さだめ」の病と言われ、何人かにひとりは命を落としてしまう。

それなのに今のところ良い薬が見つかっていない。宗次郎先生も手だてがなく、ただ身体を冷やすくらいしかできなかった。光祐は幼い頃にはしかにかかっている。一度なったら二度はならない病なので、宗次郎先生と一緒に往診について歩いていた。病んだ人々は一様に高い熱にあえぎながら、真っ赤な発疹を身体中に浮き上がらせていた。

宗次郎先生が話しているはしかの手当て法を光祐は書き留めた。発病したら病人をはなれに移し、家のものに近寄らせないようにする。細かく真っ赤な発疹が身体中に広がり、高い熱が十日ほども続く。その間はとても苦しいが、着替えさせたり額を冷やすくらいしかできることがない。やがて熱が引き、発疹も消える。けれど熱が出ている間に肺炎を起こすなどして力尽きて亡くなる人があとを絶たない。

「弱っている人がかかった時は、気をつけて。汗をたくさんかくので、水やお茶を切らさないように。青菜があるなら頭の下に敷くと少しは楽になる」

宗次郎先生の話に弱っている人、と出てきたときに、光祐の頭に柾木が浮かんだ。

「先生」

病人の家からの帰り道に、光祐は尋ねた。

「先生、今、吉原や裏吉原は、どうなっているんでしょう」

「うむ」

宗次郎先生は厳しい顔になった。

「あの辺りは人の出入りが激しいからね。ひとたび流行ったら、大変な勢いで広がるだろうね」

「今はどうなんでしょう」

「まだ何も話を聞いていないし、このごろは忙しくて寄ってないからわからないな。君も気をつけなさい。あの辺りは労咳の遊女もいる。あまり遊びが過ぎると大やけどするよ」

「俺は遊ぶ金なんてないです」

「はは、君たちが親から送ってもらった金で、吉原に行ってることくらい、知ってるよ」

　宗次郎は笑った。

「俺は……」

　光祐は黙った。確かに先輩について、光祐も吉原に行っている。けれど、途中で彼らと離れ、そっと裏吉原のほうに顔を出した。柾木に差し入れをするためである。小さな木戸をくぐる光祐を先輩たちは、おまえは男がいいんだな、とからかった。幼なじみがいるんだと言っても、じゃあその幼なじみと道ならぬ恋ってやつか、とますます煽られるだけだった。

　柾木は、はしかをやっていないはずだった。

　はしかの熱がひいた光祐が柾木と遊ぼうとしたとき、おっかあに「柾木ちゃんは、はしかまだだからうつさないようにね」と言われて、気をつかったおぼえがある。

　あいつは弱っちいから、はしかなんかにかかっちまったら……。

　光祐は身震いした。

あんなとこにいたら、だめだ。

今すぐにでもあいつの手を引いて、連れ出したい。お里の山の上であいつが泣いていたら、それは簡単にできた。けれど今は、木戸だの門番だのお里の借りだの、いろんなことがあって、柾木を連れ出すことができない。それどころか、次から次へとはしかの呼び出しがあり、夜でも手が離せない日々が続いていた。

これが、大人になるということなのか。

それぞれのつとめがあり、それをこなさなくては、好きなこともできない。友達に会いに行くことすらかなわない。それは誇らしいことでもある。宗次郎先生がいない時は、光祐がはしかが出た家に行き、手当のやりかたを伝える。すると人々は「お弟子さん」でなく「先生」またば「若先生」などと呼ぶことがある。大したことをしていないのに先生呼ばわりされるのはこそばゆいけれど、ひどく誇らしかった。早くひとり立ちして立派なお医者になって、正真正銘の「先生」と呼ばれたいと、励みにもなった。

光祐がはしかで走り回っている頃、柾木は吉原に忍び込んでいた。

門番がやっと寝てくれたので、姉のところに向かう。

今夜も一軒の遊郭だけがぼうっと明かりを灯しており、中に見せしめのように、売れ残りのみすぼらしい遊女が座り込んでいた。

「……姉さん」

掠れた声をかけても、俯いたまま、彼女は顔を上げない。

ひどく痩せ枯れて、まるで即身仏のようだ、と柾木はぞっとした。

「姉さん！」

もう一度、鋭く呼ぶと、はっ、と顔を上げ、反射的にキセルを差し出す。

「違うよ客じゃない。俺だよ」

「……柾木」

おきよはふらふらと這うように、格子のそばにやって来た。

近くで見るといっそう頬はこけ、伸ばした腕も筋張り、ろくに栄養を取っていなそうだということが、わかる。

「今夜も残されてるのかい」

「しょうがないよ、誰も買ってくれないんだ、私は醜いからね」

「ほんなこんねえら。姉ちゃんはすごく綺麗じゃんけ。お里でだってみんなほう言ってたら」

姉の手を握り、柾木は驚いた。ひどく熱い。しかも顎や首筋に、赤いぽちぽちが出来ている。

「姉ちゃん、具合悪いだか」

「そんなこんない。ただちっと、あんまり食ってないからふらふらして……」

そこまで言って、おきよはゆらっ、と前のめりに倒れた。

「誰か！」

と叫んだが、自分もここにいてはまずいと気づいて、柾木は闇にまぎれた。わらわらと男たちがおきよを取り囲む様子が遠くから見えた。

それから七日後、なんとかまた木戸を脱け出し、柾木が姉の遊郭に辿り着いた時は、もう明かりが落とされていた。どうにも姉が気になり、郭の小僧が表を掃き出すのを待って、おきよはどうなったか、と柾木は尋ねた。弟だという柾木を見て、小僧は咳払いをして、そして言った。

「おきよならはしかになって、おとつい、もう」

「それで姉ちゃんはどこに」

「投げ込み寺に」

「そんな……」

吉原のすぐ近くに、投げ込み寺と呼ばれるところがあり、その境内に亡くなった遊女を捨て置くと、弔ってくれる。身寄りのない遊女はそこで無縁仏になるしかないのだ。

「姉ちゃんは無縁じゃねえよ」

「お里から捨てられたやつは皆、投げ込み寺行きさ」

小僧は冷たく言い放ち、商売の邪魔だ、と柾木に向かって掃いた土をかけた。

その日の晩から、柾木は高い熱を出した。

顎にも顔にも背中にも胸にも、身体のいたるところから赤い点々が顔を出し、それがさらに熱を煽った。

はしかだ、と誰かが叫び、柾木は一番奥の薄暗い部屋に放り込まれ、そこで昼も夜もわからないまま、熱に浮かされ続けた。誰かが白く長い手で身体を拭いてくれたり、おでこに濡らした手ぬぐいを置いてくれたが、目を開けるのも苦しかった。

「ほら、しゃんとしなくちゃいけないよ。こんなとこでおっ死ぬおつもりかい」

その誰かは低い声で、繰り返し、語りかけてきた。

「生きていくんだよ、柾木、死にたいくらいつらいことがあってもね。ここで生きていくんだ。そうすればさ、きっと、生きてて良かったって思えるくらいのいいことに、ぶちあたるもんだよ。だからふんばって、はしかなんかおっぱらっちまいな……」


……二……

柾木は、久しぶりに山の空気を胸いっぱいに吸い込んでいた。

どのくらいぶりだろう。

さくら祭りの前からだから、もう半年ぶりくらいか。

胸がいっぱいになっているのは、空気をたくさん入れたからだけではなかった。

なんも変わってないじゃん、半年も出てただに。

笑い出したくなるくらい、お里の家並みも田畑も何も変わってなかった。

この半年、俺がお江戸でえらいつらい思いをしてきたことも、大したことじゃなかっただかな。俺もここのようになんも変わってなく見えるなら、いいけんど……。

集落を歩み始めた柾木のもとに、誰かがまりが転がるように駆け寄ってきた。

「柾木！　帰って来ただけ！」

おみっちゃんだった。

「ああ。さみしい思いさせたな」

恋しい人の体をしっかと抱き寄せる。

その途端、小柄な彼女が、全力で柾木を突き飛ばした。

「やだ！　なにそれ！」

おみっちゃんが震えながら指差すのは、柾木の胸だった。

「なんだ、どうした」

そっと胸元をめくる。すると、そこにはつんと上向きに盛り上がった乳房が揺れていた。

「なんで胸があるだ。これじゃ女じゃんけ！」

おみっちゃんが泣き出す。

「うそだ！　うそだこんな！　おみっちゃん！」

あまりの悲しみに叫んだその声を打ち消すかのように、誰かの声がした。

「柾木！　しっかりしろし！」

目を開けると、薄暗い中に、男の顔があった。

太い眉、きりっと結んだ唇。見覚えがある。そうだ。

「光祐……」

「ああ、気がついたか」

光祐は安心したように笑って、おでこに触れてきた。

「おまん、熱に浮かされてただよ」

「熱……」

じゃあ、今のは夢だっただな。柾木は布団の中でそっと自分の胸をまさぐる。胸はぺったんこだったので、ほっとした。おそろしい夢だった。

「おまん、おみっちゃんって言ってたぞ」

光祐がひきつったような顔で笑った。

「会いたいだな。もう、ずっと会ってないもんなあ」

「知らん。それよりお前、もう離れろ。俺ははしかだ。うつるぞ」

「心配いらん。俺は小さい時にかかってるだよ。どれ、少し起きれるけ」

光祐は柾木の背を支え、半身を起こし、湯のみを差し出してくる。

「なんだこれ、薬か」

「はしかには薬は効かんだよ。これは、甘酒だ」

口に含むと甘く柔らかい味がした。熱で疲れた身体に沁みていく。

「酒粕で作ってるからな。身体があったまるし、精がつくだよ」

「だいぶ医者っぽくなっただな」

「なに言ってるだ、こんくらいで」

光祐は照れつつも、柾木の手首を握り、脈も診た。ひどく脈が弱い。それになんと手首が細いんだろう。色も白く、骨も細くなり、まるで女のようだ。発疹のせいで、胸元も桃色に染まっていて、妙に色っぽい。

「こんな離れでひとりで寝てて、つらいらな」

「紫野さんが時々、様子を見に来てくれる。だいじょうぶだ。あの人も昔、はしかをやったというから」

「紫野さんが……ほうけ」

あの人は、肺をやられている、と宗次郎先生が言っていた。弱っている柾木が肺までやられたらと思うと怖くなる。

「発疹の色が引き始めているから、あと三日もすれば熱は引く。もう大丈夫だ」

「そうか」

甘酒を飲み終えた柾木は、横になった。

「俺な、さっき、お里の夢を見てた」

「ああ。おみっちゃんって呼んでたもんな」

「ああ……。お里はなんも変わってなかった」

「そんな簡単には変わらんさ」

「でも、おみっちゃんだけは変わってた。男遊女になった俺を、気味悪そうに見ていた」

「……」

光祐は一瞬、言葉に詰まった。柾木がそんなにもおみっちゃんのことを想っていただなんて、考えてもいなかった。

「俺みてえな奴、そうはいないらなあ。女は知らんのに、男を知ってるなんてなあ」

「おまん……おみっちゃんとは」

「ああ、まだだった」

「ほうだっただか」

「光祐は？　女は知ってるだか」

「俺け？　まあな、さくら祭りの時に、酔っぱらってそのへんのおばちゃんとな」

「誰で」

「いいだ、誰だってほんなこん」

二人は顔を見合わせて笑った。

「……俺たち、いろいろ変わっちまったな」

「ああ」

「おみっちゃんも、変わっちまったらな」

「ほんなこんねえら。俺は明日から里に盆帰りするから、様子を見てやるじゃん」

「いや、いい」

ふう、と柾木は息をついた。

「俺のことは忘れたほうが、おみっちゃんのためさ」

「何言うだ。おみっちゃんは柾木が好きなんだから」

「俺がこんなになっちまってもか」

「……」

「ほらな」

柾木は布団をばっと頭からかぶり、震え声で言った。

「おみっちゃんは俺がこんなこんしてるなんて知らない。こんなかっこ、おみっちゃんには見せれんな」

「柾木……」

指を伸ばしかけて光祐は慌てて止めた。

何をしようというのだろう。布団の上から柾木を抱きしめたいようなそんな気持ちに突き動かされた。透き通るように肌が白くなってしまった幼なじみが哀れで、そして愛おしくてならなかった。

その時、襖ががらっと開いた。柾木が布団から顔を出すと、禿の若梅が立っていた。

「これ、うつるからこっちにきちょ」

「里に帰るってほんとけ」

若梅は今の話を聞いていたのだ。

「俺も連れてってくりょう！」

若梅は光祐の胸に飛び込んで泣き出した。

「何でも言うこと聞くから、俺も一緒に連れてってくりょうし！」

「若梅……借りを返すまで帰れないっつったろ」

小さな子にうつしてはいけないと、柾木はまた頭から布団をかぶった。

そしてくぐもった声で、祭りの歌を歌い出した。それを聴いてさらに若梅は泣きじゃくった。

「お里へ帰りたいよう帰りたいよう」

柾木は途中で歌うのをやめた。涙で声が震えたからではない。次の言葉が何だったのか、出てこなくなったからだ。しかたなく鼻歌で続けた。

少しずつお里が頭の中から消えていく。

ああ、お里は、なんて遠くなっちまったんだろう、と柾木は目を閉じた。


……三……


光祐が里に帰ってすぐに、盆踊りが始まった。

春のさくら祭りと夏の盆踊り、そして秋の八幡様祭りと、お里の人たちの数少ない楽しみの日がやって来たのだ。この日ばかりは酒を飲んで昼から酔っぱらっていても誰も怒らないし、神様にも供えるということで御馳走も振る舞われる。飢饉の里でもこの日ばかりは皆、浮き足だっていた。

特に若者たちはそわそわしていた。盆踊りの夜もまた、独りもんの若い男女は神社の境内で一晩中一緒に飲み明かすことを許される。夏なので、あちらこちらの繁みに男と女が消えていく。いいことをしているのだ。しかし村の男たちが張り切っている脇で、光祐は沈んでいた。お里に戻ってきて、自分の家に寄るよりも早く、柾木の家に寄ったが、なんだ、あいつらは。おきよがはしかで亡くなったと告げると、気の毒がっていたが、墓の場所すら尋ねては来なかった。会いにいかんだかと聞くと「もう捨てた子だ」と顔を背けた。

「柾木も捨てただか！　柾木が今、どんなこんになってると思ってるだ！　今、柾木もはしかにかかってるだに」

食ってかかったが、柾木のおっとうと兄ちゃんに追い返された。

「あれも捨てた子だ。もう戻ってくんなと言ってある」

柾木の父の言葉になんて冷たいのだろう、と光祐は泣きたかった。このおっかあの腹から産まれただに、どうしておっぽりだすこんが、できるんだろうか。飢饉のおそろしさを光祐はまだ肌では感じていなかった。庄屋をしているので食い物はある。明日口にする米もないような農家は、生き延びるために子どもも捨てる。捨てられた子も、そのほうが生き延びることができる。貧しい人々は長生きするために生きているわけではない。死にたくないから生きているのだ。そのぎりぎりの感じは光祐にはわからなかった。ただ、柾木の親が柾木を連れ戻す気持ちも金もないと思い知らされて、泣きたかった。

それから自分の親にも話をした。柾木が男遊女していることは伏せ、奉公先でひどい目に遭っている、そこから出るための金を貸してやってはもらえないか、と。幼いころからよく知っている柾木なのだから無下に出来ないだろうと思っていたのに、よそさまの家のことだから、と突っぱねられた。きっと柾木が捨てられたということをわかっているのだろう。

春夏は、草を食べることもできたし、畑の作物も食べられたので、お里の飢えは少しはおさまっていた。しかし、穀類がまるで足りなかった。米はもちろんなかったし、ヒエ、アワ、キビも次の収穫までにあちこちの家で、底をつきそうだという。柾木の家も同じことだった。

光祐の家は庄屋でまだ米もあるので、厳しさがぴんとは来なかった。

「光祐、一緒に踊ろう」

女たちが入れ替わり立ち替わり声をかけてきた。踊ろうとかあっちで一緒に飲もうとか誘われたが、光祐は応じる気持ちにはなれなかった。ただ、親が祭りに顔くらい出せとうるさいので、渋々やって来ているだけだった。

その時、誰かが遠慮がちに呼びかけてきた。

「光祐、帰ってるって話だったけど、やっぱほうだっただな」

振り向くと、おみっちゃんがいた。

少しほっそりしてように見える。彼女の家も大変なのかもしれない。

「江戸で、柾木に会ったぞ」

そう言うと、彼女の肩がぴくっと動いた。

「柾木はどうだった?」

「うん……まあ、なんとかやってる」

男遊女をしているなんて言えるわけもないので、適当にごまかす。

「あいつ、筆まめじゃないから文も返してないかもしれないけど、おみっちゃんに会いたがってる。こないだだって、夢にまでおみっちゃんが……」

「やめて」

彼女は首を横に振った。

「もう柾木のことなんて、どうだっていい」

「あんなに好きだったのに?」

「もう、好きじゃない」

「どうしただ、ほんなこん言って。なんかあっただか」

「……話してもいいけど、ここじゃ言えないから、こっちに」

おみっちゃんに引っ張られ、神社の裏に並んだ小屋に入る。

これはいつもは御神輿《おみこし》を入れておくものだが、祭りの時にはそれらは外に出されるため、祭りで盛り上がった人が勝手に使っていいことになっていた。今夜、若者たちのために小屋の戸は開けられている。光祐はそこにおみっちゃんと入り込んだ。

てっきり話をするものだと思っていたのに、戸を閉めた途端におみっちゃんがいきなり抱きついてきたので、光祐は面食らった。祭りの明かりが薄く入ってくる小屋の中で、彼女の顔が白く光っている。

「どうした」

「光祐が好き」

「えっ……」

胸がどくん、と鳴った。

「ばか言っちょし、おまんが好きなのは、柾木だろ」

「あんな江戸に行ったっきりの人のこんは、もう、忘れた。さくら祭りで助けてくれた時から、光祐のほうが好きになっただよ」

おみっちゃんはぐいぐいと乳を光祐の腕に押し当ててくる。

「……俺はもう明日江戸に戻る。お里にはしばらく戻らんかもしれん」

「じゃあなおさら、今、しよう」

おみっちゃんは帯を解き、光祐の前に真っ白な肌を晒した。

「おまん、ちっと変だぞ。なんでほんなにやりたがる」

まばゆい若い女の裸身から目をそらしてうつむきながら、光祐は尋ねた。

「食いもんがいるの。うちの畑、今年全然実りがなくて、あぶないの」

「なんだほんなこんか。だったら別にこんなことしんでも、幼なじみなんだし……」

「だめ」

おみっちゃんは光祐の腰に手を回し、手早く帯を解いた。光祐の着物の前が割れる。

「お礼をしたいの。これしかできないから……」

振り払おうと思えば振り払えたのに、光祐は両手を広げ、おみっちゃんと肌を合わせた。

これで彼女の気が済むのなら、もうどうにでもなれ、と思った。

柾木はおみっちゃんとは寝ていないと言っていた。けれどその大事な彼女は、今、食い物欲しさに身体を投げ出し、光祐に組み敷かれてあえいでいる。

指をつ、と濡れているところに差し込み、動かしてみても、彼女は気持ち良さそうに息を乱すだけで、痛がらない。

「おまん……、男を知ってるだか」

「食いもんをもらうために、何人かと寝た」

けれど、おみっちゃんは哀しそうではなかった。

純朴な顔をしていたはずの彼女は、覚悟を決めた女の顔にいつのまにか変わっていた。

発情しているのか、女になったからなのかわからないけれど、唇は厚ぼったくなり、しきりに光祐に押し当ててこようとする。

おみっちゃんは、変わっちまった。

飢饉は、こんなにも女を変える。

「おみっちゃん……」

光祐は口づけを返した。柾木もこの女とこんなことを、したのだろうか。

おみっちゃんは、静かに股を開き、光祐はその中に固くなったものを差し込んでいく。

「入ったね……」

おみっちゃんは、はあはあ言いながら、腰を使い始める。光祐もその動きに合わせる。

「おみっちゃん……」

光祐はもう一度、名を呼んだ。柔らかな乳を揉みながら、何度も繰り返し、おみっちゃん、と呼んで、腰を振り続ける。柾木が熱に浮かされながら名を呼んでいた女と、自分はつながっている。なんてひどいことをしているんだろう。でも、止まらなかった。

女に飢えていたわけでも、おみっちゃんを気の毒に思っていたわけでもない。

柾木が惚れた女を抱きたかった。それだけだ。

おみっちゃんの中は熱く、いやらしくぬめっとしていて、それがどうにも、彼女の本当の姿のような気がして、光祐はひどく哀しかった。哀しいのにえらく気持ちが良かった。

「おみっちゃん、おみっちゃん」

光祐はひたすら彼女の中を動いた。やがて頭が真っ白になっていく。

「はあっ……」

おみっちゃんが、ひときわ、高い声を上げた。

・・・・・四・・・・・

裏吉原の木戸を開ける時に、光祐は少しためらった。

まだ昼前だ。あいつは寝ているかもしれない。そしたら誰かに荷物を渡すよう頼めばいいだけだ。

いったい、どんな顔をして、柾木に会えばいいというのだろう。

おみっちゃんの様子を見に行くと言ったのに、おみっちゃんとやってくる奴があるか。

光祐は日に日に後悔が募るばかりだった。

人の大切な宝物を壊してしまったかのような、いたたまれない思いだった。

「このこと、柾木には内緒にしよう。俺も、言わない」

「うん……」

おみっちゃんは帯を付けながらそう頷いた。

光祐の家は庄屋だ。誰かが食い詰めていたらそれなりに分けてやる用意もある。こんなこんしんでも、食い物をもらえるのに。わかっているのに、おみっちゃんを抱いてしまった。

なんてこんしちまっただか……。

でも、もうしてしまったことはしょうがない。知らん顔で柾木に会うしかない。

病み上がりの柾木に精をつけてもらいたくて、お里からいもや炒り豆をもらってきた。懐かしいお里の味を食わせてやりたいから、やはり光祐はこの木戸を開けなくてはならなかった。

七日離れていただけだったが、はしかは大分落ち着いただろうか。

裏吉原の通りを冷水売り《ひやみずう》が歩いている。

「ひゃっこい、ひゃっこいよ〜あまい、あまいよ〜」

冷たい水に糖を足し、白玉団子を浮かべたそれが、かなりの人気だった。暑くて食が細くなるこの季節でも、これならば喉を通ると皆、言っていたものだ。

「もう出なくてはな」

宗次郎が床から起き上がったので、柾木も慌てて身を起こし、世話を焼く。

病み上がりの柾木にはじめに花をつけたのは、宗次郎だった。

「明日から医塾も始まる。今日あたり光祐もお里から戻ってくるだろう」

「そうですか。光祐さんには、はしかの時にお世話になりまして」

柾木は頭を下げる。熱に浮かされていた時、何度もあいつの呼びかけで我にかえった。あいつが呼び戻してくれたのだ、と思う。

「光祐は、よく来るのか」

「たまにです。差し入れをくださるんで。花をつけたりは一度も」

「そうか」

宗次郎はふう、と、ため息をついた

「このごろ柾木に良く花がつくようになったとは聞いているよ」

「ありがとうございます」

「気に入らないな」

「……え？」

「光祐だよ。金もないのに裏吉原をうろつくとは……。あいつは学ばなくてはならないことがたくさんあるはずだというのに」

「先生、光祐は幼なじみの俺を案じてくれているだけです」

「いや、他の塾生の手前、あまりにもここに来るようなら、破門も考えなくては」

「先生！」

柾木は驚いて叫んだ。

「あいつは医者になるために江戸に出てきたんです。破門にだけはしないでください」

「じゃあ、柾木ももう、光祐にここに来させないようにしなさい。わかったね」

「……はい」

「それだけではどうも気がかりだな。もうここでつとめるのは、やめたほうがいい」

「……え？」

柾木を、宗次郎が後ろから抱きすくめた。

「おまえを誰にも触らせたくないし、どんな男とも話をしてもらいたくない」

「先生……」

「これ以上放っておけない。柾木、私の妾になりなさい」

「……え？」

「私だけのものに、なりなさい。お里の借りなら全て私が引き受けよう」

「でも妾って何をすれば」

「私が部屋を用意する。そこで静かに過ごしていればいい。ただし、私が一緒でない時は、外に出ることは、できない」

「私を……閉じ込めるのですか」

「そうだ。誰にも会わせない。光祐にさえも」

「……」

そんなことを宗次郎先生に言われるなんて考えてもいなかった。

「おやじさんにも聞いてみませんと」

「ああ、そうだな。だが、できるだけ早く返事をもらえると助かる」

「……わかりました」

宗次郎の手が柾木の襟の合わせ目を開き、胸を弄ってくる。柾木は震えながら、

「先生、お出かけしなくてよろしいのでしょうか」

「これが済んでからだ」

宗次郎は柾木をうつぶせにさせると、後ろから着物をめくり上げ、丸出しになった柾木の尻

を掴み、挑んできた。

「……うっ……」

いきなり入ってきた先生の熱情に、柾木は呻いた。

「柾木が、いけないのだよ」

宗次郎が耳元で熱い息を吹きかける。

「柾木は、男を狂わせるなにかを、持っているね。だから光祐も気が気じゃないのだろう」

「ううっ……」

柾木はなんともいえない心地に喘ぎながら、ひたすら宗次郎の責めを受けるしかなかった。


思いの丈をぶちまけると、宗次郎先生は昼前に医塾へと戻っていった。

帰り際に彼は、

「紫野にはあまり近寄らないほうがいい」

と言い残した。

「なぜです？」

「うん、あれは、おそらく労咳だ。あまり寄るとうつるぞ」

嘘だ。あの綺麗で優しい人が、そんな……。

言い返したかったが、確かに時々、紫野さんがそっと咳き込んでいるのを見かける。

まさか、と思いたかったが、お医者様がそう言うということは……。


光祐は陰から、柾木が宗次郎を送り出すのを偶然見かけてしまった。

昼時近い今、櫻木屋から出てくるということは、先生はゆうべ柾木のところに泊まったということなのだろう。泊まったということは、ふたりの間に何があったのか、わかる。

先生とは明日からまた毎日顔を合わせなくてはならない。

きちんと従わなくてはならない自分なのに、先生を見たら、たくさんの恨み言を言い出してしまいそうだった。

柾木で遊ばんでください。俺の幼なじみなんだから……。

こう言ったところで宗次郎先生が柾木から離れるとも思えなかった。

(俺はどうすりゃいいだ)

いもを渡す気力も失せ、光祐はその場にしゃがみ込んだ。

胸の中に黒いもやもやとした煙のようなものがもやもやと湧いて出て、それが口から溢れ出てしまいそうだった。

宗次郎先生と柾木はひどく似合っていた。少なくとも自分といるよりもずっと。

宗次郎先生にかなうわけがない。

でも、とそこで光祐はまた壁にぶち当たる。

俺は柾木をどうしたいんだ、と。

幼なじみなだけだったんじゃなかったのか。

それなのにどうして、宗次郎先生と並んでいる柾木を見ると、こんなにも胸がもやもやとするのだろう。


……五……


宗次郎と柾木の姿を見て一週間ほどしてから、光祐はおずおずと櫻木屋を訪ねた。

すると郭の前で若梅と深雪が遊んでおり、柾木を表に連れて来てくれた。柾木は、はしかがきつかったせいか、一層細くなり、色も白く、髪も伸びてきたため、女にしか見えなかった。

「お里の食いもんかあ。ありがとな」

にこりと笑い、若梅と深雪がそれをかついで台所へと運んでいく。

「……少し歩かないか」

「ああ、なんだ?」

「あの通りの奥にな、お地蔵さんがあるんだ。このごろはそこにお参りに行ってるんだ」

「そうか」

みちみち光祐は柾木の首筋を眺めていた。伸びた髪を脇にひとくくりにしているので、うなじがぺろんと見えている。こいつは男なのか女なのか、どちらであってもひどく繊細で美しい生き物だということは、間違いはなかった。

「妾って、知ってるか」

「なんだ急に」

光祐は笑った。

「知ってっど。遊女が旦那に引き取られていくやつだろ」

「ああ」

柾木は短く頷いた。光祐の袖と柾木の薄紅色の着物の袖とがすり合う。柾木がその後、掠れた声で呟いた。

「俺もな、そのうち、妾になるんだ」

「なに言ってる。おまんは男なのに……」

そこまで言って、光祐は言葉を詰まらせた。

柾木は男だけれど、男遊女になった。ということは……。

「ああ。男妾ってやつさ」

「ばか言っちょし」

光祐は柾木の両肩を掴んで揺さぶった。

「ほんなこんになるくらいなら、俺のおとっつぁんに金貸してもらってここから出ればいいら」

「いいんだ。もう、決めたんだ」

「誰の……、誰の妾になるだ。まさか！」

頭の中が沸騰したみたいにぐらぐらとした。

「おまん、宗次郎先生の妾になるだか！」

「……」

柾木は何も言わない。何も言わないということが、何よりの答えだと思った。

「なんでそんなこんするだ。宗次郎先生はな、俺が教わってる先生だ。よりによって宗次郎先生でなくてもいいら」

「……」

柾木は何も言わず、よそを見ている。

「……おまん、そんなに宗次郎先生がいいだか」

「え？」

顔を上げた彼に、怒りを思い切りぶつける。怒りというよりも、哀しい気持ちが噴き上ってくる。

「おまんは、宗次郎先生とも、寝ただな」

「……」

柾木はぐっと詰まったが、光祐を睨みつけて、言った。

「ああ、そうだ」

「宗次郎先生は……そんなにいいだか」

「ああ、そうだ」

「男なのに、いいだか」

「ああ、そうだ」

「おまんは女を知らん。女の良さも知らないうちに妾になっちまっていいだか」

「ああ、いいんだ」

「ほうけ……」

泣きたいような、裏切られたような、どうしようもない悔しさで混乱していた。

「すっかり染まっちまっただな……。もうおまんは、立派な男遊女さ」

柾木は唇をきゅっと結んだ。屈辱に耐えているかのようだった。細くかよわい幼なじみに、光祐はさらにぶつけた。

「だったら俺も、おまんを買ってやる」

「……え？」

「金ならある。こないだお里でおとっつぁんがくれたのが。今夜は俺が、おまんを買ってやる」

光祐の目は怒りと悲しみで血走っていた。

「やめろ！」

「やめない。俺がおまんを……」

「よせ！　俺はお前の名指しだけは受けない」

「なんでだ」

「どうしてもだ。俺はお前とは寝たくない」

「じゃあ……、俺は、どうしたらいいだ」

ここで泣くのはおかしい。だから唇をわななかせながら光祐は必死に耐えた。

「どうするもなにも、お前は医者になるんだろ」

柾木はひたすら突っぱねるしかなかった。自分の目に涙が溢れているのはわかっていた。あいつに見られたくなくて、顔をそむけた。拒絶しているかのように。

「もうお前には会わない。ここにも来るな。宗次郎先生もあきれてるぞ。ここはお前が来るところじゃない。とっとと医塾に戻れよ！」

柾木は地蔵に行き着くとしゃがみ込み、両手を合わせた。

振り返ると、光祐は立ち尽くしていた。まるで雷にでも打たれたかのように、棒立ちのまま。

柾木が立ち去ろうとして光祐とすれ違ったその時、振り絞るような声がした。

「……逃げよう」

「え？」

「こんなところ今すぐ逃げよう。みんな狂っとる。な、今すぐ逃げよう、手はずはつける」

柾木はふっ、と笑った。

「……逃げられるもんなら、とっくに逃げてるさ」

「だったら早く」

「だめなんだ光祐」

「どうして」

「もう決めたことだ」

光祐と過ごす安らげる時間。けれどそれは許されない。

もう彼と会えるのも、これが最後だろう。ひどく淋しい。けれど、光祐が医者になれるのなら、これでいい。こいつだけは光の当たる道を行ってもらいたい。こんな思いを全て封じ込めて、柾木は唇を噛んだ。

「もう、これ以上話をしたくない。ここには来るな。来てももう、俺は顔を出さん」

「ああ、ああ、そうか」

胸が張り裂けそうというのは、こういうことを言うのだろうか。光祐は声を震わせた。ずっと案じてきた大切な存在に、別れを告げるしかなかった。

「言われなくてもそうするさ。こんな所に二度と来るか！　もう、おまんには……っ」

どうしてこんなことを言わなくてはならないのだろう。

こんなことを言うために、江戸まで出てきたわけでは、ないのに。

「もう……おまんには、会わない！」

柾木はその言葉をやっと聞けた気がした。

もっと早く、こうすれば良かったのだ。

頭ではわかっているのに、光祐といると楽しくて、なかなか追い払えなかった。

「まあ、……せいぜい男妾になって、がんばれし」

光祐が柾木の脇をすり抜けていく。

こらえきれず柾木は振り返った。これが口をきく最後かと思うと、言わずにはいられなかった。

「光祐！　俺は里には帰らない。ここが俺の里さ。俺はこうやって生きていくしかないんだ。おまえはわかっちゃくれないし、医者みたいに褒められたつとめでもないけど、俺で気持ちが和らぐ人がいる、俺にそばにいてもらいたがってる人がいるんだよ。……俺は……ここで生きていく！」

第六章

……一……


ある晩、紫野は宗次郎先生の宴の席で投扇をして遊んでいた。

扇子を投げ、どちらが高い役を出せるかというもので、勝つと小銭をもらえる。なので禿たちも張り切って参加していたのだけれど、そろそろ夜も更け、まぶたが重くなってきたようだ。

「若梅、深雪、それから朝顔は、そろそろ失礼させていただきましょう」

「やあ、そうだな、もう子どもは寝たほうがいいな」

宗次郎先生におじぎをさせて、紫野は彼らを寝かしつけてきます、と部屋から出た。

本当は少しばかり胸が苦しかったので、一端失礼させていただいたのだ。

「今日は紫野兄さんが寝かしてくれるの?」

　朝顔が身体を弾ませている。

「俺、紫野兄さんと寝るの初めて」

　深雪の顔も輝いている。

「そういえば、そうだねえ。一緒に寝たことなんて、なかったね」

　紫野は、目を細める。

　夜は大抵旦那たちとおねんねだから、この子たちと過ごせなかったのだ。

「俺、紫野兄さんの隣」

　若梅がぼそっと言う。

「あたしが隣だよ」

　朝顔が若梅を小突く。

「ほらほら喧嘩するんじゃないよ」

　彼らときたらいつでもかしましい。

　世話をしていると忙しくて、あっというまに時が経つ。母親というのは、こういうものなんだろうかとふと紫野は思う。自分は男なのだから子は成せない。けれど、こうやって目の前に小さいのがいて、彼らと笑い合っている。血はつながってはいないけれど、この子たちは自分の弟であり、子どもなのだと改めて思う。

禿部屋でも彼らはきゃあきゃあ騒ぎ、枕を投げたり、布団の上で足をじたばたさせたりした。

「いい子で寝ないと、明日おやつをあげないよ」

そう叱ったらぴたりと静かになった。ひとりひとり布団を直し、頭を撫でると、すぐに目を閉じる。紫野は優しい声で、歌を歌い始めた。遠い昔にばあやから教わったものだった。

紫野は金のある家に産まれた。親は反物屋で、家にはたくさんの生地がいつも転がっていた。お前もこの家を継ぐんだよ、そう言い聞かされて大切に育てられた。母親は紫野を産んだ時に力尽き、亡くなってしまった。すぐに後家さんが来て、紫野を猫可愛がりした。紫野はまつ毛が長く、目がぱっちりとした男児だったので、かわいいかわいいと大勢の人に愛され、親にはたくさんの着物を作ってもらった。

このまま、死ぬまで金に困らない暮らしをするはずだった。それが今じゃ裏吉原にいる。紫野が出奔したわけは、後家さんにあった。紫野が十四になった頃、彼女が部屋に忍んできたのだ。驚いて布団から跳ね起きた紫野の着物の裾を開き、彼女はまたがってきた。

「田舎じゃ夜這いがあるけれど、このへんではないでしょう？　だから私が教えてあげる」

そう言いながら紫野のものに触れ、そして固くなったら上に乗って腰を弾ませ始めた。

「ああ、いい、いい……」

後家さんの鼻にかかった甘ったるい声は、いつものきびきびした彼女とはまるで違う、メスの声で、紫野は気持ちいいどころか、吐き気すら覚えた。そしてその晩、着の身着のままで家を出たのだった。

あの日以来、紫野は女がいやになった。

だから男が男を売るところができたと道中で知って、すぐさま飛び込んだ。それからは、男おいらんを名乗るまで毎日毎日、芸事の稽古や旦那の世話に励んできた。

顔立ちが美しく、品もある紫野はすぐに売れた。

このままここで生きていく。家なんて、ない。そう思ってきたのに。

ふとした拍子にこの子守唄が口をついて出た。ただただ皆に可愛がられていた子ども時代が蘇り、胸が熱くなる。

いつのまにか三人の禿は、寝息をたてていた。

この子たちも、今は大人たちに可愛い可愛いと言われているけれど、そう遠くないいつか、旦那と布団でおねんねする日が来る。その時に何を思うのだろう。それを思うとせつなくなる。この子たちの初めてのおつとめの後は、ちゃんとゆっくり話を聞いてやるつもりだった。でも。

紫野は軽く咳払いをした。この子たちが布団で暴れるから、部屋に埃が舞っていて、少し苦しい。不意に噴水のように、身体の芯から何かが上がってきた。

「ぐっ……！」

慌てて廊下に走り出る。

いつもなら厠で吐くが、今夜は間に合わない。

廊下に赤い血が飛び散る。汚れを拭こうと紫野は立ち上がろうとした。けれど身体に力が入らず、血の海で泳ぐばかりだった。

・・・・・二・・・・・

櫻木屋の張見世に柾木が出ると、千早や飛竜が先に座っていた。

どの男遊女の顔も、暗い。

紫野が離れに伏せるようになって、もう三日が経つ。柾木がはしかの時に寝ていた、日の当たらない薄暗い物置のような部屋で、今度は紫野が寝ている。

「紫野さんの様子を見に、宗次郎先生が来てくれてたけど、やはり労咳で、しかもかなりの血を吐いていて弱っているんだって」

千早が小さな声で、そう言った。突然のことでどうしたらいいのかわからず呆然としている。

「ここも困るよね。当分おつとめは難しいらしいよ。いつ治るのかもわからないって」

気難しそうな顔で飛竜が言う。

「どうするんだろうね。うちらだけじゃ、穴埋めなんてとても無理だよ」

このままでは日に日に花の数は減っていくに違いなく、先が見えない重く暗い流れが櫻木屋にただよっていた。

「おめえらが、紫野の分まで稼ぎやがれ！」

おやじは威勢良くそう声を張るけれど、どこか気弱だ。

今まで櫻木屋は、紫野でもっていたようなものなのだ。郭には一晩に二人も三人も紫野目当ての旦那が泊まっていた。昨日だって今日だって約束していた旦那たちがやってきては、肩を落として帰っていった。他の男遊女をぜひ、とおやじが媚びても、ほとんどの旦那は紫野じゃなきゃ、と乗り気になってはくれなかった。

これからの紫野へのお取り次ぎも当分なしになったのだ。櫻木屋は、かなりの厳しさに見舞われている。

禿たちは紫野を慕って、部屋に行こうとするが、うつるから、と皆に止められている。

若梅は「紫野兄さん、どうしたの」と泣き出しそうな顔をしている。

「すぐ治るからね、待ってるんだよ」

柾木は肩を抱いてそう励ますけれど、これから当分のあいだこの重苦しい日々が続くのかと思うと、せつなかった。深雪も朝顔も元気がない。いつも甘えていた、母のような紫野の姿が見えないだけで、皆、糸の切れた凧みたいになってしまっている。

男遊女たちにも、紫野の部屋に近寄らないようにというお達しがあったが、今日、柾木はそうっと、甘酒を差し入れに部屋に忍び込んだ。紫野は、真っ青な顔で寝ていた。数日顔を見なかっただけなのに、身体がひとまわり小さくなった気がする。このままどこかに紫野が消えてしまいそうな気がして、柾木は急に恐ろしくなった。

「……誰だい、そこにいるのは」

気配に気づいた紫野が目を開けた。

「……柾木だね」

「はい」

「だめだよ、ここに来たら。自分の部屋にお帰り」

「甘酒持ってきたんで。これ飲んだら精がつくって、光祐が」

「わっちのことは放っておいてだいじょうぶさ。もう、良くなるからね」

紫野はそう言って微笑んだ。

「宗次郎先生がいいお薬をくれたから、だいぶ楽になったんだよ。だからもう少しの辛抱さ」

「それなら、よかった……」

紫野はよろよろと起き上がり、甘酒を口にして、おいしい、と笑ってくれたので、柾木はほう、と息をついた。

「柾木にね、頼みがあるんだよ」

「なんです？」

「わっちが寝ている間、代わりに道中を踏んでもらえないかい」

「俺が……!? そんな……」

「頼むよ。他に踏める子がいないのさ。おまえさんは舞もうまい。しばらく代わりに男おいらんになっていておくれよ。そうしたらわっちもゆっくり休んでいられる」

「でもおやじさんが何て言うか」

「おやじさんもそのおつもりさ。いつまでも櫻木屋のおいらんに空きを作るわけにもいかないからね」

それで紫野の気が落ち着くのなら、と柾木はしぶしぶ引き受けた。気乗りがするわけがなかった。外の通りで、大勢の物見遊山の人々の中を、しゃなりしゃなりと練り歩いて見世物になるなんて、ぞっとする。けれど、誰かがそれをしなくてはやっていけないというのも、わかるから……。

「わっちもあそこから、見ているからね。今日からでも、やっておくれよ」

紫野は壁の真ん中あたりに小さく取り付けられている通気穴を指した。

柾木は小さく頷いた。これもみんな、紫野さんのためだ。

新しい男おいらんが出ると聞いて、禿たちの顔は、ぱあっと明るくなった。この子たちは、男おいらんが若衆や男遊女らをずらっと従えて進むおいらん道中が、好きなのだ。皆にまあ可愛いなどを言われて得意になったり、お菓子をもらえたりするからだった。

「柾木が男おいらんか。紫野さんに八の字習ってたのもこのためかあ。うまくやったもんだね」

いやみを含んだ声で飛竜が言うと、

「飛竜は前に紫野さんが教えてくれようとした時、めんどくさがって逃げちゃったんだろ」

千早がやんわり制した。

「ふん」

面白くなさそうにぷいと横を向いた飛竜を千早がなだめている。

「ほら、飛竜には金ちゃんがいるんだろ？　こないだあの人が買ってた富くじは、どうなった？」

「あんなもん、全部外れたさ。あの人は変なことにばかり金を使っちまうんだよ」

「そうやってケンカできるうちが華さ」

千早はほうっとため息をついた。

「うちなんて、あんちゃんはもう、何日も寄ってくれない。きっと芝居小屋に戻ったんだろうけど。挨拶もないんだから、ほんと、つれないよねえ」

男遊女のところに通っていた客が、不意に来なくなるなんてことは、しょっちゅうで、それにいちいち気を揉んでいたら病んでしまう。けれど千早は、あんちゃんに似てるというあの男をひと月以上も、待ち続けているのだった。千早が何か思い詰めているかのようで、皆も気にしている。そんな中、柾木の初めての男おいらん道中が始まった。急に決まったことなので、紫野の着物を借りることになった。

逃げ出したかったが、もう逃げるわけにはいかなかった。

「櫻木屋、男おいらん柾木の、道中にございい」

おやじのかけ声がしてすぐに、深雪と朝顔が、一歩、また一歩と進んでいく。

柾木は高下駄を履き、きりっと前を見据える。

隣の若衆の肩に手を乗せる。自分のすぐ後ろには大きな傘をさしかけてくれている若衆がいる。

通りの人々が足を留め、柾木の顔を覗き込んでくる。

進まなくてはならなかった。

柾木は大きく息を吸い、するりと右足で半分の丸を描きながら前に行く。そして左の足も半分の円を描きながら前に行く。

右に、左に、自分の艶やかな着物を見せつけるように、柾木は八の字を踏んで進む。

立ち止まり自分を見上げている人たちの顔の中に、おっとうやおっかあの顔が覗いた気がした。亡くなったおきよ姉ちゃんもまぎれている気がした。そして、宗次郎先生と、光祐の顔があるような気がした。いるはずもないのに、おみっちゃんに良く似た顔も見かけた。

今まで自分と関わった人の姿が次々に現われては、道中を踏むたびに、消えていく。

またひとつ、柾木は、踏み出す。お里とは遠い世界へと。


――随分と賑やかだねえ。

通気穴からこそっと様子を伺いながら、紫野は微笑した。

もう、ひとりで立つのも苦しい。壁に身体を支えてもらいながら、晴れ姿を見送る。

柾木が腰をふらつかせながら道中を踏んで、過ぎていった。

――うまいうまい。その調子だよ。やっぱり男おいらん道中がなくっちゃね。

紫野はそっとたもとを探る。

小刀が出てきて、その束を抜く。銀色の刃がきらっと、薄暗い部屋の中で光る。

――これ以上動けなくなったら、目も当てられないからねえ。まだ綺麗で動けるうちに、逝かせてもらうよ。

紫野は静かに刃を喉元に宛てがう。

——わっちも男おいらんだからねえ。散り際は心得てるつもりだよ。

紫野の喉にぶつっ、と刃が穴を開けた。

その瞬間、紫野の目の前に、裏吉原での日々が、ぐるぐると回った。

わけもわからず飛び込んだ日のこと、立派な男遊女になりたくて、舞も生け花も三味線も、手当たり次第に習い続けたこと、初めて男おいらんと名乗り、道中を踏んだあの晴れがましい日のこと。弟たちが増え、賑やかで幸せで、この子たちを育て上げるまでは死ねない、と思ったこと。けれど、もう、逝かなくてはならなかった。

ごめんよ……。

紫野の唇がゆっくりそう動いた。

目の前が真っ赤になり、そして、紫野は崩れ落ちた。

・・・・・三・・・・・

どれだけの哀しみが櫻木屋を取り巻いたかわからない。

紫野が自害した姿を最初に見つけたのは、柾木だった。

男おいらん道中を終え、そのことを知らせに部屋を開けたら、そこには血にまみれた紫野のなきがらがあった。こぼれた血がまるで紅のように唇に付いていて、化粧をしているかのようだった。

紫野の身体は、投げ込み寺に運ばれた。本人がそう望んで書き残していたのだった。

「最後まで、郭に生きた人だったねえ。投げ込み寺がいいだなんて」

千早はそう言って、そっと涙をたもとでぬぐった。

「うちは絶対、ここを出てみせる。郭で死ぬなんてまっぴらさ」

吐き捨てるようにそう言った後、飛竜はうつむいた。

「紫野兄さんいなくなっちゃったよ」

「紫野兄さん大好きだったのに」

禿たちも泣いている。

失った穴は、あまりにも大きく、すぐには塞がらなそうだった。

櫻木屋の男遊女と禿には、一人一本ずつ、形見の金色のおいらんかんざしが配られた。

「紫野兄さんいなくなったら、俺たちだけじゃ、ここは回せない。櫻木屋も終わりかあ」

飛竜がぼやいた。

「おう、そうはさせねえよ」

がらっ、と男遊女の部屋を開けて、おやじが現れた。

おやじは、昼から酔っぱらっていた。紫野が亡くなってから七日経つが、このおやじはずっと、呑み続けている。

「なあに、ひとり男遊女がいなくなったら、またひとり入れればいいだけよ。おい、深雪！」

おやじは深雪を呼びつけた。深雪がわけもわからずおやじに近づく。

「おめえ、来週から客取れ。いよいよおめえもご新造さんよ」

「……え？」

深雪はきょとんとしている。さっきまで子ども扱いされていたのだから、客を取れと言われても、わけがわからないのだろう。

「深雪にはまだ無理だよ」

千早がそう制しても、

「うるせえ！　おめえらが稼がねえから深雪が出ることになったんだろうが」

とおやじは取り合わない。

「いいか深雪、おまえ、すぐ客と寝られるように、いろいろこいつらに教わっておけよ、わかったな」

「……待って！」

　柾木は夢中でおやじの前に踊り出ていた。深雪が旦那たちに組み敷かれることが耐えられなかった。

「俺が、俺が今までの倍、働く。だから、深雪はまだ待ってやってくれ」

「だがおめえ、宗次郎先生の妾になるんだろ？」

「それはしばらく待ってもらう。店が落ち着くまでは、俺が……俺が稼ぐから」

「ほう、いい心がけじゃねえか。じゃあこの七日でどんだけ稼いだかで、考えてやるよ。おめえも男おいらんを名乗っているんだから、その名に恥じないくらいの花はつけてもらわねえとな」

「いいよ、柾木兄ちゃん、俺、やるよ」

　深雪はおずおずとそう言い出したが、まだ子どもだ。とてもあのような思いをさせるわけにはいかなかった。

「紫野さんが亡くなったよ」

　光祐は宗次郎先生が塾生にそう言っているのを聞いて、はっとして駆け寄った。

「先生っ、それは、ほんとうですか」

「おや、光祐もいたのか」

宗次郎は顔をしかめた。

「先生、俺、ちょっと出てきます」

「どこに行くつもりだ」

「どこって……櫻木屋です」

「行くのは許さない」

「でも先生。紫野さんが亡くなったのに」

「私は後で顔を出す。しかし光祐、お前は、それよりも学ばなくてはならないことがたくさんあるだろう。裏吉原は君にはまだ早い街だ。一人前の医者になり、充分な金ができたら行くといい」

ほんな時まで待ってたら、柾木は。

そう言いかけて、光祐は、はっとした。柾木は、光祐にとって、何なのだろう。

「柾木なら、私が面倒をみることになっている。光祐は幼なじみのことなど気にせず、医塾で学びなさい。金もないのにあのあたりをうろつくなんて、あちらの商売の邪魔なんだよ。私の顔に泥を塗っているというのがわからないのか」

そう諭されると、言葉もなかった。

宗次郎先生の言うとおり、柾木とはただの幼なじみなだけだ。とはいえ今、どれだけ哀しんでいるだろうか。ひとことでも言葉をかけてやりたかった。とはいえ先生に禁じられたら、逆らえない。

その晩、柾木は郭を訪れた宗次郎に、郭の事情を丁寧に話し、頭を下げた。

「そういうわけですので、妾になることは少し待っていただけませんか」

宗次郎はひどく機嫌が悪かった。

すぐにでもと言っているのに、柾木がなかなか自分のものにならないからだった。

「私がこんなに望むのに、おまえはまだ焦らすのか。なら私も焦らそう」

「どういうことです」

「柾木が私の妾になるまでは、光祐には何も教えない。そうだな、しばらくの間、下働きでもしてもらおうか」

「そんな……それは勘弁してください」

「早く私の妾になれば、それだけ光祐も早く学べるというものだ。さあ、いつ来る」

「日取りは、おやじさんに聞いてみないと……どうか光祐に医術を教えてやってください。お願いします」

宗次郎は柾木を床に押し倒し、赤い襦袢の裾を開き、身体を重ねてくる。

「なぜそんなに光祐をかばう。あいつのために妾になろうとするだなんて」

「そういうわけでは、ないです」

「いや、そうだろう。柾木は光祐に惚れているのかのようだ」

「違います。あいつは俺の兄弟みたいなものだから」

「いつもそう言うが、本当にそうかな」

ぐっ、と宗次郎が柾木の中に入り込んでくる。

「うっ……ほんとうです……」

「光祐とはこういうことをしたことはないのか」

宗次郎先生の腰が前に後ろにと揺れる。

「ないです、ないです……こんな……」

「そうか、それならいいんだ」

ふう、と安堵の息を吐きながら、宗次郎は腰を振り立て続ける。

柾木の息が、はあはあと荒くなる。

「柾木は、私のものだ……」

宗次郎はそう呟く。

「先生……なるべく早く、妾になるようにしますから。どうか光祐を学ばせてやってください」

どうしても、あいつのことを頼んでしまう。

「考えてはみるけれどな」

あいつが医者になること、自由な世界で自由に動き回り続けること、それは、いつのまにか、柾木の夢にもなっていた。郭に閉じ込められている柾木にとって、光祐こそが夢だったから。

宗次郎が一段と強く、突く。

「はあっ……！」

その刺激を受け止めながら、柾木は息を乱す。

その時、身体の芯から、ぶおうっ、という生暖かい風と一緒に、差し込むような痛みが胸に走った。

この風は、なんだろうか。

味わったことがない不気味さだった。

「はあっ、はあっ……！」

何度、息を吐いても、吐ききれないような、胸の中のつかえがある。

自分の身体の中に起き始めていた異変を、宗次郎先生としていて息を乱したからだ、と、その時の柾木は流してしまった。

……四……

今夜も見世の灯りがつき、裏吉原にある十軒の男遊郭では、旦那を呼び込む男遊女たちの甘い呼びかけが続いている。

「そこの旦那！」

飛竜がここ何日か、ひどく目を血走らせて、客の気を引いていることを、皆、気づいていた。

金太郎が、来ないのだ。

その理由《わけ》も、噂で入ってきている。

金太郎の親の紙問屋が、えらいことになっているのだ。

大阪のほうから、船いっぱいに和紙を仕入れ、運んでいる時に、何があったのか、船が沈んでしまったのだという。金太郎の父親は命からがら助かったものの、和紙はすべて水に濡れ、使い物にならなくなってしまった。そしてそういう時に限って、仕入れていたものは、父親が有り金を注ぎ込んでめいっぱい仕入れてきた金箔入りの和紙で、かなり高いものだったという。

親が破産するかどうかという瀬戸際に、金太郎が悠々裏吉原に顔を出せるわけもなく、三日にあげず現れていた飛竜のところにも、もう十日以上ごぶさたなのである。すっかり金太郎に甘えていた飛竜は、目の色を変えて、新しい旦那を探しているのだった。

「……ねえ、旦那」

飛竜は鼻にかかった甘え声を出す。

「ちょっと、うちと遊ばない?」

きつい顔立ちの飛竜が、いつもはしない、すがるような顔で、男を探す。

旦那がひとりいなくなるたびに、飛竜はこうしてきたのだけれど、なんだかひどくせつなかった。いったいいつまでこんなことを繰り返さなくちゃならないんだ、と。金太郎で最後だと思っていただけに、身体は重かった。金太郎がいつか親を説き伏せて、飛竜を身請けしてくれるに違いない。ずっとそう願っていたし、彼と暮らすのだと信じてきたということを、こうなって初めて飛竜は気づいた。だからこそ、その夢が消えてしまったことが、やりきれなかった。

「今夜は暑いねえ」

ぱたぱたと扇子を扇ぐ。

「全然暑くないよ。飛竜ったらそんな赤い顔して、呑み過ぎなんじゃないのかい」

千早がそう返してくる。顔が赤くなるほど呑んでいるつもりもなかったけれど、確かに、身体中がぽっぽしている。これは酒のせいだったのか。

金太郎が来なくなったことくらい、櫻木屋の皆が知っている。彼らの哀れみのこもった目がつらかった。

「あら、いい男。ねえ、ちょいと寄っていってよ」

何百遍も繰り返してきた言葉なのに、どうして媚びたり嘘を言うのがつらいのだろう。これは商売で、うちらは相手をその時だけ気持ち良くさせてそれでお金を頂戴しているんだ。でもどうしてだろう。金ちゃんといた時のほうがずっと楽しかった。嘘じゃなくあの人に「いい男」って言えた。

(ああ、しち面倒くさい)

飛竜は熱くなった頬をぱたぱたと扇いだ。一文無しになった男に何の用があるっていうんだ。この間、いちるの望みを託して買った富くじだって、全部外したようなツキのない男にかまっている暇はない。

うちは、ここから出るんだ。だからいい旦那を見つけるんだ。金ちゃんよりもずうっと、金がある、立派な旦那をね。

「飛竜、少し気合いが入り過ぎだよ。気を楽にしたほうがいいんじゃないかい」

千早が声をかけるが、飛竜はいらいらして、憎まれ口をきく。

「うるさいね。うちは、ちっとも戻って来ない男を待つ暇なんて、ないんだよ。すぐにでもここから出たいんだ」

「俺は、あんちゃんが戻って来なくてもいい。でも、せつない時には、あえて客引きをしたりはしない。そんなことをしたら、ここが壊れてしまうよ」

　そう言って千早は自分の胸を指した。

「心なんかどうだっていい、金だよ」

「金なんかどうだっていい、心だよ」

「金さ」

「心さ」

「金！」

「心！」

　ふたりはしばらく睨み合っていたが、やがて飛竜が笑い出した。

「へっ、その心とやらを大事にしたもんだから、男に逃げられてるじゃないか」

「飛竜だって金のことしか考えないから、金ちゃんが来なくなったんだろ」

「うるさい」

「そっちこそ」

　千早はしばらく黙った後でぽつりと言った。

「別にね、もう、会えなくたって、構わないんだよ」

千早は静かに言った。

「俺とのことなんて、忘れちまっていいんだ。どこかであんちゃんが幸せに暮らしていたら、それで、いいんだ。飛竜はそんな風には思わないのかい」

「思わないね。うちはここからどうやったら出られるか、それを考えているだけで、忙しいからね」

すると、何者かが格子のそばに歩み寄ってきた。

ひょろりとしていて、目つきだけが鋭い男だった。

飛竜はその顔に見覚えがあった。けれど前までは髭で顎が覆われていたからすぐには思い出せなかった。

「あんちゃ……」

千早が泣きながら表に出ていき、路上であんちゃんと呼んでいたあの男と抱き合っている。

「あんちゃん、来てくれたんだねえ。会いたかった」

「すまなかったな」

彼は千早の背中に手を回した。彼の顔がうっすらと微笑んでいる。悪巧みをする男の顔とは全然違う、千早のことが愛おしくてならない、そんな母性的な表情だった。

「はいはい、御馳走さま」

格子の中からそれを目にした飛竜は小さくそう毒づいた。

けれど内心、うらやましくてならなかった。

金太郎は、きっと、戻っては来ないだろう。遊ぶ金もなくなり、今ごろ父親の手伝いにかり出されていることだろう。それに、もし戻ってきても、今の男のような甘い顔になることもないだろう。


……五……


千早の部屋に上がるなり、あんちゃんは頭を下げた。

「今まで、すまなかったな」

「なんのことだい？」

「ここの部屋代。千早が立て替えてくれてるんだろう？」

「違うよ。タダでいいって俺、言ってるじゃないか」

驚いて打ち消す千早の声に、彼は重ねた。

「吉原遊びに詳しい役者に聞いたんだ。タダで上げてやるってことは、遊女がその部屋代を払ってやるって意味だってな」

「……」

「やっぱそうなんだな。お前、花がつかなくて借りばかり重ねてるってのに、そんなことしたらますます……」

「いいんだ。俺は、あんちゃんと、いたかったんだ。それだけなんだよ」

千早は笑った。だが彼は首を横に振った。

「甘えてた俺が悪かったんだ。必ず、この金は返すから。でもまあ、いつになるかわかんねぇけどな。役も、もらえそうにねぇし」

「役⁉　芝居小屋に戻れたのかい」

「ああ……土下座して謝って、なんとか入れてもらえた。けどな。まだ掃除しかやらせてもらってねえ。どうしても板に立ちたかったら、百人分の木戸銭を入れろってんだ。俺には、そんな金……」

あんちゃんは唇を噛んだ。彼は口べたで、きっと芝居小屋できついことを言われても、言い返せずにいるのだろう。でも口べたのあんちゃんだからこそ、お芝居をしてみたいのだろうなと千早は思った。出せるものなら自分がその金を出してやりたいが……。

「ごめんよ。あんちゃん。俺も、出してやりたいけど、その金……」

「わかってる。ねだってるわけじゃねえよ」

あんちゃんは苦笑いした。

「これ以上おまえに頼れねえ。大丈夫だ。一所懸命掃除してれば、誰かきっと目に留めてくれるさ」

「うん……」

千早の胸は痛んだ。大好きなあんちゃんのために金を作れない自分が不甲斐なかった。なんとかしてあげたいのに、借金まみれでどうすることもできない。あんちゃんが困ってるのに。あんちゃんが困ってるのに……。


裏吉原で、櫻木屋の男遊女たちと客との関係が変化を起こしている晩に、光祐は宗次郎が設けた『菅原医院』で番をしていた。宗次郎が往診で留守にしている時は、医塾生が交代で番をし、手当てを施すこともあった。

「先生いるかい！」

戸が開き、担ぎ込まれた子の顔を見て、光祐は、あっ、と声をあげた。女の着物なのに、手足が妙に逞しい。痛みで歪んでいるがその顔は、若梅だった。着物はびしょ濡れで、泥にまみれていた。

「どうした、若梅」

「若先生の知り合いかい。どうもこうもねえよ。こいつ、いきなり吉原の塀からお歯黒どぶに落ちてきたんだ。それで痛え痛えって言うもんだからよ、ここにつれてきてやったんだ。郭に戻すのも可哀想な気がしてな。じゃあ、頼んだよ」

男は名乗らず、さっさと行ってしまった。

そろそろと若梅の着物を脱がし、泥を拭き取る。吉原の遊郭は高い塀と真っ黒などぶにぐるりと囲まれている、お歯黒を流すから黒いのだろうと言われているが、へどろが溜まっているだけのことで、若梅の着物からも据えた匂いがした。

身体をきれいに水で拭いてやると、左腕が切れていて、血が出ている。打ち身もあるらしく、少し腫れているが、大したことはなさそうだった。

「おまん、足抜けしようとしただか？　無茶すんなよ」

「腹が減って……」

若梅は目に涙を浮かべた。

「紫野兄さんが死んだから、おかずが足りんだよ。俺と深雪はいつも腹が減ってて宴の御馳走の余りを食べたりしてるんだ」

「ほかの兄さんたちは分けてくれないのか」

「くれるよ。でも、あんまり金持ちじゃないから前よりは少ないんだ。だから俺、深雪の分まで、めしを探しに出ただよ。足抜けじゃない」

「ほうけ……とにかく高い塀から落ちたら、打ち所悪いと命も危ないからな。もうこんなこんしちょ」

「……うん」

同じお里ということもあり、光祐は若梅のことを弟のように思っていたので、危ない目には遭わせたくはなかった。若梅の細い腕にしっかりと布を巻き、血を止める。

「さ、これでいい。濡れた着物じゃ寒いから、ちっと大きいけんど俺の着物貸してやろう」

「……光祐兄ちゃん」

「ん？　なんだ？」

若梅は澄んだ真っ直ぐな目で光祐を見つめていた。

「柾木兄ちゃんが妾になると、光祐兄ちゃんが医者になれるの？」

「ん？　どういうこんだ？」

「こないだ柾木兄ちゃんと宗次郎先生が話してた。俺が妾になるから、光祐を医者にしてくださいって、柾木兄ちゃん言ってたよ」

「……なんだって!?」

光祐は頭をがんと殴られたような衝撃を受けた。

どういうこんだ。俺が医者になるのと柾木の妾とどういう風につながってるだ……。

若梅を裏吉原の木戸まで送って行きながら、はっ、と気がつく。

（まさか……宗次郎先生は、俺を医塾にいさせる代わりに、柾木を妾に……？）

いや、きっとそうに違いない。

前に宗次郎先生に、注意をされたことがある。

「金もないのに、あまり裏吉原をうろつくな。度が過ぎると私の顔を潰すことになる。あれは宗次郎先生のとこのお弟子さんだって悪い評判が立ったら、その時は、医塾をやめてもらう」

それからこうも言われたことがある。

「柾木は私のものだ。私が世話をするから、おまえは関わるな」

（……なんつこんだ）

今ごろ気づくなんて。光祐は頭を抱えてその場にしゃがみ込みたくなっていた。

もしかしたら、宗次郎先生は俺をやめさせようとしていたんじゃないだろうか。そして柾木が、自分が妾になるから許してやってくれ、と切り出したのじゃないだろうか。

だとしたら、柾木は俺のために、妾になるっつこんになる。

ほれだのに、俺は……。

俺は、なんつこんしちまっただか。

柾木に「こんな所に二度と来るか！」とか「せいぜいがんばれし」とか……。

ひどい言葉をどれだけ投げたことか。

「光祐兄ちゃん？」

若梅が顔を覗き込んでいた。気づくと裏吉原の木戸の前だった。

「俺、そうっと櫻木屋に戻るから、もうここでいいよ。ありがとう」

「……ああ、そうか」

するりと木戸を抜けていく若梅を見送りながら、光祐はぼんやり佇んでいた。

今すぐ柾木に詫びに行きたい。

でも、足が動かなかった。柾木がしてくれたことに、圧倒されて、動けなかったのだ。

（なんで何も俺に言わなかった。どうしてひとりで決めちまっただ……）

ほんとうのことを知った衝撃で、光祐はぼうぜんとするばかりだった。

第七章

……一……

それから何日かして、光祐は宗次郎先生の部屋で頭を下げていた。

柾木のことを頼みに行ったのだった。

「先生、お願いです。柾木を妾にはしないでください」

「どういうことだ。なぜそんなことを光祐が言うんだ。君とは縁のない話だ」

「あります！」

思わず大きな声を、光祐は出していた。

「俺のせいで、柾木は宗次郎先生の妾になるって聞きました」

「どこでそれを」

狼狽した宗次郎先生の顔を見て、若梅が言ったことは本当だったのだ、と光祐は思った。

「俺が医塾にいさせてもらう代わりに、柾木が先生の妾になるっつのはほんとですか」

「……ほう」

宗次郎先生の顔が憎々しげに歪んだ。こんな意地の悪そうな先生の顔は、見たことがなかった。いつも穏やかに導いてくれている先生なのに……。

「やはり私の思った通りだったのだね」

「え？」

「柾木と光祐は、どこかで逢い引きしてるんだな。あれほど会うなとふたりに止めたのに」

「会ってません」

光祐は驚いて打ち消したが、

「じゃあなぜこのことを知ってる。柾木から聞いたんだろう」

と宗次郎は取り合わなかった。

「違います、他の人から」

と言っても、誰からだと聞かれたら答えられなかった。若梅までこの騒動に巻き込みたくはなかったのだ。

「柾木が妾になるもならないも、柾木が決めることだ」

「でも俺のせいなんですよね？」

光祐は床板に頭をつけて土下座をした。

「お願いです。先生の言いつけなら何でも聞きますから、柾木を自由にしてやってください！」

「……私は光祐をどうも少し甘やかしたようだな」

宗次郎はぎろりと光祐を見据えた。

「医塾生の分際で私に指図するとは、少し思い上がっているんじゃないかな」

「指図だなんて。俺はお願いを」

「同じことだ。師の生き様に口を出すなど、あってはならないことだ」

「……すみません。俺の無礼はいくらでも俺が謝ります。だから柾木のことは」

「じゃあこの医塾を去るということでいいのかな、君は」

「……」

光祐の頭に、今まで頑張ってきたことが次々と浮かんだ。

身体のあちこち名前を覚えたり、仕組みを覚えたり。とにかく覚えることが山のようにあり、毎日せっせと覚えたこと、塾の仲間や先生にいろいろ教えてもらったこと、そしてまだ一人前と呼ぶにはほど遠い、学びの途中だということも。

でも、自分が去らなければ、柾木が妾になってしまう。

柾木を巻き込むわけにはいかないのだ。これは自分の問題なのだから。

大した用もないのに柾木を案じて、裏吉原をうろうろとするから、先生の怒りを買ってしまったのだ。柾木は、先生のお気に入りだから……。けじめを、つけなければ。

「……俺、出て行きます」

「甘いな」

宗次郎は冷たくそう言い放った。

「出て行く、というその言い方が気に食わないね。まるで自分の気持ちで決めたかのようだ」

「実際、そうですから」

「そうじゃないだろう。光祐くん。君はね、出ていくんじゃない。追い出されるんだ。間違えちゃいけないよ」

「えっ……」

「君が出ていくと言うよりずっと前に、私は君をお払い箱にしようとしていたのだからね。それを柾木が止めて、しばらく首がつながっていたんだよ」

「柾木が……!?」

「そうだ。だがもうそれもすべて終わりだ。君は破門だ。追い出される。間違えるな。出て行くんじゃない。追い出されるのだ」

「……」

なすすべもなく立ち尽くす光祐に、宗次郎は追い打ちをかけた。

「他の医塾に入れてもらえると思ったら大間違いだ。私のところを破門になったということが知られたら、お前は江戸では医者にはなれないだろう」

「……」

医者になるなら江戸で習う。そうではないやりかたなど、光祐は知らない。医者になりたい。柾木のような身体の強くない人を、助けてやりたい。そんな希望を、宗次郎先生は打ち砕こうとしている。この人は本当に医者なんだろうかとさえ光祐は思った。妾にしたいだなんて、柾木をなんでそんなに縛り付けるんだ。柾木のどこにそんなに惚れてるんだ。はかなげなところなのか。弱々しいけれど強く笑うところなのか。弱いくせに気張ってひとりで生きていこうとしているあやういところなのか。だとしたら先生は、俺と同じような気持ちを柾木に抱いてるのか。

なんつこった。心の中で光祐はそう叫んだ。

俺も、宗次郎先生も、男遊女に惑わされてる男のひとりなんだな。

宗次郎先生が、ずしりと重い巾着袋を光祐に握らせた。

「おまえの親が払ってくれた塾の金だ。半分戻してやるから、これを持って、お里に帰りなさい。医塾でのことも、少しはお里で役に立つだろう。これからは畑作りにでも励むんだね」

きっ、と顔を上げて光祐は言った。

「金はありがたく受け取ります。だけど、俺、畑には、出ません」

「なに」

「俺は医者になります。何年かかってでも、きっと、医者になってみせます」

「……そうか」

宗次郎は光祐の燃える目から顔をそらした。

「まあ無理だとは思うがね。私のところにも二度と顔を出さないように」

「……はい」

光祐は宗次郎に頭を下げた。

「今まで、ありがとうございました」

これからどこに行って何をしたらいいかもわからなかったが、光祐の胸は、妙に清々しかった。

江戸を追い出されて医者になるなんて、できるかわからないほど大変な道だとは思う。

けれど、男遊女として裏吉原に閉じ込められている柾木の苦労を思ったら、大したことじゃない。

柾木に守ってもらっていたということに気づいた光祐の胸は、燃えたぎっていた。

あいつは妾になろうとした。

妾になるなんて、大変なことだ。死ぬまで宗次郎先生のそばにいなくてはならないかもしれない。年季が明けたら出て行ける男遊女のほうがまだましだ。それなのに、そんなつらい妾の道を、柾木は選んだ。

……………俺のために。

光祐は裏吉原に向かった。

今なら、柾木とちゃんと話ができる気がしていた。

・・・・・二・・・・・

張見世に出た柾木は、ゆったりとキセルを吹かしていた。

今夜も男おいらんとして道中を踏み、そして張見世で格好をつけて座っていなくてはならない。

はじめのうちは、いかにもえらそうな態度を取ることが、柾木は苦手だった。けれど、この頃それが少し楽しい。心底自分が偉いと思っているわけではない。男おいらんという、与えられた役を、演じているだけなのだ。そう気づいた時から、面白くなった。

見世を覗く旦那たちが期待しているようなことを、してあげればいいのだ。キセルを優雅に吹かすのもそのひとつだし、舞を舞うのも、思わせぶりな笑みを送るのも、珍しいものを見たなと彼らが思ってくれるのなら、それでいいと思った。土産話には男おいらんの話はきっと喜ばれることだろう。

「柾木兄さん、部屋で旦那がお待ちです」

「誰だい」

「さあ、ちょっとわかりません」

若梅はにこにこと笑っている。

「わからないじゃ困るんだよ。ちゃんとお名前は聞いておくもんだ」

軽く若梅の頭をこづき、柾木は立ち上がった。

紫野さんが逝ってしまってから、彼の客が柾木に流れてきたこともあり、初めて会う旦那も多かった。男遊郭のおいらんは、吉原と違い、一見さんの客もとる。そうしないと商売が成り立たないからだ。だから、今夜もそうした、若梅もよく知らない旦那さんなのだろう。

柾木はしずしずと襖を開ける。

初めて顔を合わせるときは、相手がゆるむよう、優しい笑みを浮かべるようにしている。

「失礼いたします、柾木です……」

……そこにいた顔を見て、柾木は息を呑んだ。

「なんでお前がここに……」

二度と会うまいと決めた光祐が、そこにいたのだ。慣れない部屋でおずおずと笑い返してくる。

「誰が入れたんだ。俺はお前の名指しは受けないと……」

「おやじさんは止めんかったぞ。金を見せたらどうぞどうぞと通してくれたぞ」

「金なんて、どこにあったんだ」

「医塾をやめたんで、金が戻ってきた」

「やめた？　医塾を？　なんで！」

柾木は顔色を変えた。

「なんで、って……、おまんに迷惑かけたくないだよ」

「迷惑ってなにが」

「全部聞いた。おまんが俺のために宗次郎先生の男妾になるって。でも俺、そこまでして宗次郎先生のところにいるのはちっと」

「何言ってるだ」

柾木は座り込むと光祐を睨みつけた。

「おまえのためであるもんか。宗次郎先生は金もあるし偉い人だ。あの人といれば楽ができるから、俺は妾になるって言ったんだ。俺が決めたことだ。お前は口を出すな」

「……ほんとにそう思ってるだか」

「ああ、そうだ」

精一杯の虚勢を張って柾木は頷いた。

「そんなことを言うためにわざわざ、高い金出してここに来たのか」

「いや、違う」

光祐の瞳は静かだった。今までのように不安そうに柾木を見つめるようなことはなかった。

「俺、明日、江戸を発つことにした」

「明日」

「ああ」

「……そうか。お里に戻るのか」

「いや、違う」

「……え？」

柾木は光祐を見た。光祐も柾木を見つめ返した。

「いったい、どうするつもりだ」

柾木の声が、わずかに震えた。


柾木が光祐の部屋に入ったすぐ後、張見世では男遊女たちがざわめいていた。

金太郎が、赤い格子の向こうに現れたからである。

いったいどれくらいぶりだろうか。

もう何十日も顔を出していなかった。二度と来ることもないだろうと思っていた人を、飛竜はまじまじと見つめた。

ひどくやつれている。決して景気は良くはなさそうだった。髪もぼさっとしているし、着物もよれている。けれど彼は手に、富くじを握りしめ、ぶるぶる震えている。

「ひ、飛竜、これ」

格子の間から差し出された番号を、飛竜は慌てて手元にある富くじの当たり番号を記した紙と比べた。

「金ちゃん、これ……」

「ついにやったぞ、おい、入っていいか」

「もちろんさ。深雪、若梅、客入るよ」

金ちゃんは一番くじを引き当てていた。

「ずっとよお、日雇いで働いてよ、荷担ぎでも魚売りでもなんでもやった。そのたんびに富くじ買ってたけど、やっと当たったなあ」

運ばれてきた酒で喉を潤しながら、金太郎は高笑いした。

「おい、これでやっと、おめえを連れ出せるな。俺は約束しただろう？　決めたことは、ちゃんと守る男なんだよ」

「そうだね」

「なんだその醒めた言いかたは。もっと喜べねえのかよ」

飛竜はなにかが引っかかっていた。

ずっと外に出たい、金持ちの旦那が俺を連れ出してくれたらいい、そう思っていたのに、なぜこんなに、気持ちが晴れないのだろう。

「この金でよ、おめえと暮らして、しばらく遊んで暮らせるぞ」

「働かないのかい」

「なに、そんなの金がなくなったら考えればいいさ」

それで気がついた。この男、親の紙問屋が破産して、こうなったんじゃなかったっけ。

「あんた……、親御さんは、どうしているんだい」

「おやじのことか」

金太郎はぐびっ、とまたお猪口を呷った。

「どうもしないさ。取り立てに追われて、おやじもおふくろも、俺と一緒に日雇いして、ちびちび返してるよ」

それを聞いて、飛竜は反射的に金太郎の頬を打った。

「痛ェ！　なにしやがる」

「なにしやがるはてめぇだろう！　こんなとこで酒飲んでねぇで、さっさとおとっつぁんとこ行って、このくじ渡してやんな！」

飛竜は金太郎の前に仁王立ちになった。

頭の中を、父と母の顔がぐるぐる回っていた。貧しい中で無理して新しい船を買って、その金を返すためにまた無理して漁に出ていた両親は、とうとう命を落としてしまった。あの時、どれほど悔やんだか、わからない。俺がもっとおとんとおかんを助けてやれてたらと何度泣いたことか。

それなのにこのぼんくら二代目ときたら。

なんで叱られているのかもわからず、ぽかんと口を開けている。

「聞こえてんのか！　今恩返ししなくて、いつするんだよ！　うちの身請けなんざどうだっていい、とっとと、おとっつぁんとこ行っとくれ！」

一日も早く郭を出たいはずだった。いい旦那を見つけて、遊んで暮らすつもりだった。けれど、飛竜には、金太郎のおとっつぁんとおっかさんを放って、彼と一緒になることは、できなかった。自分の心の中に残っていた、ほんの少しの清らかなところが出てきている。自分がこんなことを言うだなんて、と、飛竜自身も驚いていた。


……三……


柾木は光祐と向かい合っていた。

光祐の目はきらきらと光っている。涙で潤んでいるようにも見えるし、明日への望みに満ちているようにも見えた。

前までの、どこか宗次郎先生の顔色をうかがいながら過ごしている彼は、どこにもいない。お里にいた頃の、はつらつとした、仲間を率いていた彼の姿が、懐かしく蘇ってきていた。

「柾木、俺、長崎に行く」

「……長崎？　なんでそんなとこに」

考えてもいなかった遠いところの名が出て、柾木は目を丸くした。

「長崎には、蘭学の医者が大勢いるだって。蘭人が教えてくれる医塾もあるだってよ。そこなら、いい医者になれっかなって、実は前から考えてただ。ほれで、ここに来るまでの間に歩いてて、決めた」

「……ほうけ」

今度こそ、こいつと、遠くなっちまうのだな、と柾木は感じた。

「すまない」

柾木は頭を下げた。

「俺のせいで、そんなとこ行かせることになっちまったな」

「何を言うだ」

光祐は慌てて柾木ににじり寄った。

「おまんのせいじゃない。俺がちゃんと宗次郎先生の言うことを聞かなかったから追い出されただよ」

「いや、俺のせいだ。俺がこんなとこでこんなこんしてなけりゃ……」

幼なじみの俺が男遊女をしていなければ、光祐は宗次郎先生から追い出されてはいない。自分が光祐の夢の邪魔をしてしまったのだと思うと、悔やんでも悔やみきれないものがあった。

「気にすんな」

光祐は柾木の肩を叩いた。

「俺は、かえってありがたいと思ってる。こんなことでもなけりゃ、長崎に行こうなんて思わなかった。蘭学はすごいそうだ。江戸よりもずっと進んでいるらしい。俺はそこでちゃんと医者になって、病んでるみんなを助けたいだよ」

「そっか……」

お里にいた時よりも、ひとまわり頼もしくなった幼なじみに、柾木は目を細めた。

「でも、だからって俺が男妾になるのをやめるということではないぞ」

「ほうけ。わかった。それはおまんが決めればいい。俺はもう宗次郎先生の医塾を出るから、俺のこんは気にせず決めてくれ」

「ああ」

ふっ、と気がゆるんだその瞬間、柾木はこほっ、と、咳をした。

「どうした」

すぐさま光祐が気づき、柾木の顔を覗き込んだ。

「なんでもない」

必死に咳を抑えるが、光祐は案じている。

「俺がきっと治してやるから」

「何言ってる」

　わざと柾木は大きな声で笑った。

「こんな咳、なんともないさ。息がちょっと変なとこに入っただけだ」

「ほうけ。ほれならいいだけんど」

　辺りが静まり返っている。皆、寝入っているのだ。

「柾木、お前ももう寝ろ。明日もおつとめがあるだから」

「光祐こそ明日、発つのだから」

「おまんが寝ろし」

「俺はいい」

　ふたりで床を譲り合い、揉み合っているうちに、光祐の手が滑り、柾木もろとも布団の上に倒れこんだ。

　ひどく近い光祐の顔を見て、柾木は噴き出した。光祐も笑いながら、切り出した。

「子どもの時みたいに、今夜は一緒に寝るか」

「……ああ、そうだな」

「ほんで懐かしい話でもするじゃん」

「いや俺はすぐ寝る。明日もあるからな」

「なんだよ少し喋れし」

「なんだよそっちこそ」

こんなに追いつめられているのに、笑うことができる。

明日からは離れてしまう光祐だけど、今は、顔を横に向ければすぐそばにいる。

話をいっぱいしたい。そう思っていたのに。

彼がいてくれて、ほっとしたのか、強い眠気にすぐに見舞われ、気づくと柾木は夢の中に入っていた。

眠っていた柾木は、光祐が夜通し柾木の顔を愛おしく眺めていたことに、もちろん気づいていなかった。


一方、千早とあんちゃんは、まだ寝つけずにいた。

布団には入っていたが、ふたりとも目が冴えて眠れずにいた。

これからの暗い日々しか浮かんで来ず、追いつめられていたのだ。

千早は借りばかりがかさみ、いったいいつになったら年季が明けるのか見当もつかない。花もろくにつかないから、もしかしたらずっとここから出られないのかもしれない。そしてあん

ちゃんは、芝居に出るためには百人分の木戸銭を用意しろと言われている。稼ぎのない彼には難儀な額だった。

「花がつかない日は、また罰金がかさむ。俺は借りが減るどころか増えてるのさ」

「俺もそうだ。舞台に次々と出るためにはそのたんびに木戸銭を収めなくちゃならない。客がついて人気者になるまでは、ずっと金に追われる日が続くのさ」

どこかで仕事をすればすぐに木戸銭くらい貯まると思っていたが、今は見習い役者の身の上なので、朝は誰よりも早く起きて掃除やめしの支度をし、夜も芝居小屋の片付けなどで、他で稼ぐなんてことはとてもできない。つまり今のままではあんちゃんはずっと芝居に出られない。上の人たちもそれをわかって、あんちゃんに意地悪を言っているのだという。

「なんのために生きているんだろうね、俺たち」

布団の中で千早はあんちゃんの大きな手のひらを探して、ぎゅっと握った。

「このままじゃ金のために生きているようなもんだな」

「ああ、そうだね」

千早はため息をついた。ずっと金に追われるのだろうか。死ぬまで。

「なんかもう、疲れちまったな……」

あんちゃんも同じ事を考えていたようだった。

「どうせずっと金に追われて苦しんで生きるだけなら、もう、今死んでもいいかもしれねえ。芝居をさせてもらえねえんじゃ、生きていたってしかたない」

あんちゃんが胸元に短刀を忍ばせているのを千早は知っていた。本当は刀は一階に預けなくてはならないのだけど、いつだってそっと隠して持っていた。追われていた時からの名残りなのだという。

「そんな簡単に死ぬなんて言っちゃ……」

戒めようとしたのに、あんちゃんの、何もかもあきらめたかのような淋しい顔を見たら、急に千早は泣きたくなった。

「……本気なんだね、あんちゃん」

そして自分が彼にしてあげられることに気づいた。

「俺、一緒に……死ぬよ」

「千早……？」

「俺、あんちゃんとなら、一緒に死ねるよ」

仰向けになり、そっと着物の合わせ目を開く。

そしてあんちゃんの懐を探り、小刀を取り出すと、束を抜き、彼に差し出した。

「千早……？」

「さぁ、早く」

「何言ってんだ」

「俺だってツケまみれでもうおしまいなのさ。もういやだよ。あんちゃんもいなくなるんじゃ、生きていたってもう」

「金がないってだけで、生きていけなくなるなんてなあ」

「もういいよ。どこだってかまわない、あんちゃんと一緒にいられれば……一緒に……」

「俺もだ千早……お前といられるならどこだって……」

「さあ、頼むよ」

千早はあんちゃんの刃を待って目を閉じたが、そこに優しい声が降ってきた。

「最期ぐらい……俺の名前を呼んでくれねえか。おめえ、聞いちゃくれなかったが、俺な、岡之助、っていうんだ」

「岡之助か……いい名だね」

千早は目を開けて、微笑んだ。顔のすぐ上に岡之助の顔があり、口づけられた。

「岡之助さん……」

最期に、こんなに甘ったるい思いができて、良かった。

静かに目を閉じて、千早はその時を待った。が、刀が布団の上にぽそりと落ちる音がした。

「すまねえ、やっぱり、俺にはできねぇ。俺は生きることも死ぬこともできねえんだな」

千早の顔の上にぽつんと温かいものが落ちた。岡之助の涙だった。

「いいんだよ……。でも死ぬ時は、一緒だからね」

「ああ」

二人がきつく抱き合ったその時、襖が開けられた。

「失礼します」

深雪が燗徳利を台に載せて、入ってきた。

「頼んでないよ」

起き上がった千早がそう言うと、深雪はしまった、という顔をした。

「すみません。飛竜兄さんの部屋だった」

「そうか久しぶりに金ちゃんが来てるから、酒も進むね」

「うん。金ちゃん、富くじ当たったんだって。だから今夜はお祝いでとことん飲むんだって」

「富くじが、かい!?　すごいね」

「うん。なんかすごい景気良さそうだよ。加賀友禅がどうのとか、何でも買ってやるとか言ってたもん」

「……そうかい。うらやましいねえ……」

千早は身を起こした岡之助と顔を見合わせた。

……四……

もう間もなく空が白々と明けてくるだろうかというような、夜の終わりに、千早は静かに布団から脱け出した。

岡之助は寝息を立てている。

やるなら、今しかない。

浴びるほど酒を飲んでいたらしいから、あの二人、きっと寝入っているはずだ。

飛竜が今夜どの部屋で寝ているかは、深雪に聞いてある。東の端っこだ。抜き足、差し足、忍び足で、そろそろと向かう。そして静かに襖を引く。

行灯の薄暗い部屋の中に、絡み合った二人の足首が見えた。飛竜と金太郎のものだろう。やかましいいびきも聞こえてくる。

（どこだ……）

必死で千早は部屋の中に目線を走らせた。

そして台の上に載っている、白い紙片を見つけた。

そうっと、そうっと、かかとから一歩一歩近づいていき、救いの富くじを手にする。これさえあれば、俺も、あんちゃんも、生きていける。金さえあれば、幸せに、なれるんだ。

富くじを静かに袂にしまうと、千早は決して床が軋まないよう、ゆっくりゆっくりとまた、部屋を出て行く。本当は全速力で逃げたい。けれど、音を立てたくはないから、必死に息を殺して、ゆっくりと進む。そして、ついに部屋の外に出て、襖を元通りに閉めることができた。

はあ、と安堵の息を漏らしそうになるが、懸命に堪えて、また静かに、密やかに、岡之助が待つ部屋へと戻っていった。

飛竜は襖が閉まった後に目をゆっくりと開けた。

今入ってきたのは、千早だった。あいつも、あいつのあんちゃんも金がない。だから富くじが喉から手が出るほど、欲しかったのだろう。盗みに入るほどに。

飛竜はまた目をつぶって、寝たふりをした。何も気づかなかったことにしようと思ったのだ。

本当は当たりくじは、金ちゃんの親御さんに役立ててもらいたい。でも、今、一番、金が入り用なのは、千早とあんちゃんだろう。何しろあいつら、にっちもさっちもいかなくなっているようだから。

譲ってやるさ。

うちゃ金ちゃんは根性があるし、まだまだ稼げる。あの疲れ切ったふたりに、うちからの贈り物さ。あ、でも、おやじさんにも少しあげるように言っておかなくちゃ。そうじゃないと、深雪がご新造にされちまう。

そこまで考えて、おかしくなり、飛竜はくくっ、と笑った。

なんだい。金が大事だとか見栄切っておきながら、うちは、この郭のやつらのほうを、大事に思っていたんだねえ……。

しかし、金太郎が、気がつかないわけがなかった。

朝起きるなり「富くじがねえ！」と大騒ぎし、誰かが盗んだ！　とおやじを呼びつけた。

「いいか、ひとりも郭から出すな。郭から出ようとする奴は、俺に荷物しらべをさせてから行かせろ」

目を血走らせ、拳をぶるぶる震わせて、金太郎は怒り狂っていた。

「縁がなかったとあきらめたらどうなんだい。くじなんてまた買えばいいじゃないか」

と飛竜が取りなしても、

「うるせえ！　あれは俺のくじだ！　おめえと暮らすんだ！」

と相手にしない。もちろん飛竜も着物を全部脱がされ、調べられたし、飛竜の部屋も隅から隅まで、それこそ畳の目の間まで丁寧に金太郎が探しまわった。彼の迫力に怖れをなして、昼過ぎになっても、台所のものも誰も郭の外に出ようとはしなかった。

「誰も来ねえじゃねえか。誰だ盗ったのは。じゃあ俺のほうから部屋に行ってやる」

怒りで目が吊り上がった金太郎は、野性の勘なのか、千早の部屋を開けた。

あらかじめ鏡台の引出しの、白粉の箱の下にくじは隠しておいたけれど、あっさりと開けられてしまった。

「なんだぁ、これは、俺の富くじじゃねえか！」

千早はぐっと短刀を握り、叫ぶ金太郎の腹に向かって駆け込んだ。

けれど、すうっ、とかわされてしまい、よろけて畳に短刀を突き立ててしまった。

「なんだ？　殺す気か？　こいつっ……！」

「頼む、譲っておくれよ！」

千早は甲高い声をあげた。

「あんちゃんを助けたいんだ。俺たちもう、借金で、首が回らない。このままじゃ死んじまいそうなんだよ。あんちゃんの分だけでも」

「何ねぼけたこと言ってやがる。欲しかったらな、てめえで富くじ買いやがれ！」

「……うう っ……」

千早はその場に泣き崩れた。

「千早、もう、いいんだ。もう、いいよ」

その背中を、岡之助が優しく抱きしめた。

「あんた！」

その時、飛竜が慌てて駆け込んできた。厠で席を外していた時に、金太郎においていかれてしまったのだった。

「あんた、何やってんだい！」

「おお、飛竜、富くじこいつが盗……」

その瞬間、ばちんと大きな音が、金太郎の頬で鳴った。

飛竜が打ったのだった。

「あんたには、何も見えないのかい！　この人たちが苦しんでるのが、わかんないのかい。苦しんでんのは、この人達だけじゃない。この郭だって、紫野さんが死んでから客が減って減って、とうとう来週には深雪をご新造に出さなくちゃという話になってるんだよ。それからあんたのおとっつぁんもおっかさんも、必死に問屋を建て直そうと頑張っているんだろう？　遊ぶことばっか考えて、自分さえ良けりゃそれでいいなんて考え持ってんの、あんただけなんだよ！」

「ひ、飛竜……」

赤くなった頬を押さえながら、金太郎が目を見張っている。

飛竜はさらに声を張り上げた。

「うちなんて、ここに来ればいつだって会えるんだ。もっと困ってるとこに、金を回してやんなよ。もっと周りを見ておくれよ、金ちゃん……」

怒鳴り疲れ、泣いている千早の隣に、へなへなと飛竜は座り込んだ。

「なんだか騒がしいけど、何の騒ぎだい」

柾木と光祐が、顔を出した。

おやじも若梅も深雪も眠い目をこすりながら現れる。

「……なんでもねえよ」

金太郎は照れくさそうにそう言い放った。

・・・・・五・・・・・

飛竜の部屋が賑やかになった頃、そうっと郭から出て行こうとしている男がいた。

岡之助だった。

歩き出そうとしたところに、千早は後ろから声をかけた。

「あんちゃん、どこ行くんだい。俺も一緒に行くっていったろ」

「いや、ひとりで行くよ」

「あんちゃん」

「名前で呼べ」

「お……岡之助さん」

「すまなかったな、おまえに盗みまでさせちまって」

「何言ってんだよ、あれは俺が勝手にしたことなんだから。あんちゃん、行かないで」

一歩、また一歩と遠ざかっていく岡之助を、千早は涙声で呼んだ。

この頃は、この男という支えがあったからこそ、生きてこられた。

顔を出してくれなかった時の、あの、何もかもを失ったかのような辛さ。あんな気持ちはもう、二度とごめんだった。

「千早、おめえは、この郭にいな」

岡之助はそう促した。

「ここは、おめえの兄弟が大勢いる。みんなおまえのことを大事にしてくれるさ」

「ううん俺なんてだめだよ、みんなの足手まといさ」

「だいじょうぶ。そのうちきっと、売れっ子になるさ」

「あんちゃ……岡之助さんは、どうするんだい。ひとりで死んじまうのかい」

　岡之助は足を止めて振り返った。

「俺は、芝居小屋に戻る」

「……また芝居をするんだね」

「ああ、いつ出してもらえるかは、わかんねえけどな。せっせと下働きをして、ひとりで稽古して、いつか必ず、金じゃなく、俺の芝居で出してもらえるようになろうと思ってな」

「すごい心意気じゃないか」

「お前らに教わったんだよ。どんなところにいても、真っ直ぐ前を向いてるってことをさ」

「岡之助さん」

「百人分の木戸銭が払えなくて怯えてるんじゃなく、百人は無理としても十人二十人と、少しずつ俺が客を集めていかなくちゃな」

「そうだよ。ここの郭だけでも十枚は固いよ。だからまたここに寄っておくれよ」

　千早の頬に涙が伝わっていた。きっとこの人は、また当分、ここには来ないだろう。そして、千早のことを思い出す暇もないくらいに、芝居小屋のおつとめに打ち込むのだろう。

「舞台に立つと決まった時は、教えてくれよ。必ず観に行くから」

「いつになるかわからないぞ」

「いつまでも待つよ。ここでちまちま借りを返しながらね」

「俺な、いつか、かならず売れっ子役者になって、おめえが立て替えてくれてたツケを……」

「そんなのいいんだよ。俺が勝手にやったことさ。岡之助さんは芝居にだけ励んでな」

「ありがとう、千早……ッ」

千早は正面からきつく、岡之助に抱きしめられた。

いつもよりもずっと力強く、男らしく感じ、千早も抱きしめ返そうと両手を伸ばした途端、彼は腕をすり抜け、背中をぐるっ、と向けて去って行った。

「あんちゃ……岡之助さ……ん」

千早は地べたに座り込み、しくしく泣き出した。

あんちゃんが誰であっても構わない。俺は、あの人のことが……。

あの人と、一緒にいたかっただけなんだ……。

明け方の騒動が一段落し、皆、部屋に戻っていき、飛竜も、ぐちゃぐちゃになった着物や布団を整え始めた。

「あ〜あ、なんてこった。部屋がめちゃくちゃだよ」

笑顔で金太郎を振り返ると、彼は富くじを握りしめたまま、立っていた。

「もう、ちゃんとしまっときなよそれ。また欲しがるやつが出てくるからさ」

けれど金太郎は、飛竜に白い紙を差し出した。

「……いや、おめえらで使えよ」

「でも、そしたら金ちゃん、明日からどうするんだい」

「俺はいいのよ。俺にはこの丈夫な体がある」

「でも日雇いはきついって言ってたろう」

「ああ、だから問屋の二代目として何か新しいもんを仕入れることから始めてみるさ」

「元手はどうすんのさ」

「それこそ荷担ぎでもして稼ぐよ。この体で用意すんのさ」

「ふうん」

飛竜はじろじろと金太郎を見た。今の騒ぎはこの人にとっては悪いことではなかったようだ。顔つきがいつになく、しゃんとしている。

「……ま、あちこち仕入れに回ったりするだろうし、またちっとの間、ここに来ることもできなくなるかもしれねえけどよ。その間、その富くじで好きなもんでも買ってろや」

「好きなもんに使っちゃっていいのかい」

「ああ。それと、少しはおめえの仲間にも分けてやんな」

「仲間と分けていいのかい」

「いいさ。おめえのだ」

飛竜は軽く金太郎の肩を打った。

「ちょいと。この金でうちを身請けするって話は、どうなったんだい」

「そ、それもその……商売がうまくいったらな」

「うまくいかなかったらどうしようね」

「そのときは……ま、あきらめるしかねえよな」

「ふざけんじゃないよ！」

「……え」

「じゃあなにかい、この飛竜さんを、待ちくたびれさせるつもりかい」

「飛竜……」

金太郎が泣き出しそうな顔になった。

「待っててくれるのか」

「さあね。もっといい旦那が出てきたら乗り換えてるかもな」

「それはだめだ」

飛竜は金太郎に抱きすくめられた。その時初めて、ああ、この人ってうちよりも背が低いんだなあと飛竜は感じていた。

「必ず迎えに行くからどこにも行かずに待っててくれ」

肝が小さくて頼りない男だけど、うちはこの人を見限れないんだよね。これが、ご縁ってもんなのかもしれないね。そんなことを思いながら、飛竜は薄い笑みを浮かべて、背中に両手を回した。

「ああ……待ってやるよ。いつまで待てるかわかんないけどな」

・・・・・・六・・・・・・

若梅は窓を開けた。

春の朝の光が入ってくる。

それと同時にひらりと桃色の小さなものが舞い込んできた。

「……あ、桜」

背伸びをして外を見ると、櫻木屋の隣の大きな桜の木が、いつのまにか満開になっていた。

深雪を起こして、一緒に桜を見る。河岸にいっぱい並んで咲いていたお里の様子とは違い、窓から見える桜は一本しかない。それでも桜は桜だった。

「綺麗だなあ」

深雪もうっとりとそれを眺めている。

「桜って不思議な力があるんだって。昔、紫野兄さんが言ってたんだ」

「なに？　その力って」

「なんだったっけなあ、えっと……あっ、そうだ。桜の木の下で別れると、離れてもまた巡り会えるんだよって言ってた」

「へえ〜」

若梅はしげしげと桜の木を見つめた。

俺も、桜の木の下でおっかあと離れれば、よかったなあ……。と、若梅は思っていた。

若梅と深雪が朝めしの手伝いにばたばたと台所に降りた頃、柾木と光祐が表に出てきた。

「綺麗だな」

「ああ……桜か」

「お里の桜もすごく綺麗だったなあ」

「ああ…そうだな」

「お里はさくら祭りの頃なんだろうなあ。また桜の中で踊りたいな」

「柾木は小さい頃から舞うのが上手かっただろ。祭りじゃ女よりも目立ってさ」

「あぁ、舞は好きだ。踊ってると、羽が生えて、鳥になって空を羽ばたいてるような気がして……不思議で……」

柾木は軽く咳き込んだ。胸の中のもやもやは、時々苦しい咳になるほどにつらくなっていて、治まるどころか日に日にひどくなっている。もしかすると紫野と同じ、胸の病なのではないだろうかと怖くなる。でもその怖さを、これから旅立つ幼なじみには、言うべきではない。

「大丈夫か」

「ああ、ただの風邪だ」

「ほうけ……あんま無理しちょし。おまんはさくら祭りの日に熱出したこともあったもんなあ。俺はおまんと一緒に踊りたくて、おまん家上がりこんでは、おでこ冷やしたり、梅干し食わしてみただけんど、なかなか良くならなくてさ」

「ほんなこんあったけ？」

「ああ。よく覚えてる。あの時、おまんを治せんのが悔しくて……それで医者になりたいって思っただよ」

「え？　そうなのか？　ほんなこんで医者になるって決めただか」

「ああ」

柾木は照れくさくなった。光祐の中には随分昔から自分がいたのだ。

「すげえな光祐は、決めた道をちゃんと進んでるだな。なのに、医塾から出ることになっちまって……」

「まだほんなこん気にしてただか。もう終わったこんさ。前々から思ってただよ。世の中にはおまんみたいに色んなもん背負って闘ってる人が大勢いる。ろくに薬も買えない、医者に診てもらう事すらできない人たちもいる。そんな人たちを助けるためには一度、長崎に行かなくちゃならんと思ってただから」

「きっと光祐なら、立派な医者になれるな」

「柾木、俺……」

「俺、医者になった光祐が見たいよ」

「……ああ」

光祐は何か言いたげだったが言葉を切って、小さな荷を手にした。

「じゃあ俺、もう行くから」

「ああ」

「おまんの顔見て、旅立ちたかっただよ。会えて良かった」

「……ああ、そうだな」

光祐の顔がかすんだ。自分はなぜ泣いているのだろう。幼なじみが遠くに旅立つのだから、笑って送り出さなくてはならないのに。

そして、光祐もなかなか旅立たない。言い残しておきたいことが色々あるかのように。

「なあ柾木、熱が出たらちゃんとおでこ冷やせし」

「ああ」

「ちゃんと食って、つとめ過ぎんように気をつけろし」

「ああ」

「それから、たまには外に出て陽に当たるようにしろし」

「ああ」

「それから、できるだけ眠《ねむ》……」

「わかってるって！」

柾木は話を遮った。

「あんま心配しちょし」

「ああ、そうだな」

光祐も柾木も笑った。けれど、瞳は涙で光っていた。

「立派な医者になれよ」

「ああ、柾木も立派な妾に……」

「それな、俺……」

光祐の目を見て続ける。

「やっぱ、妾になるのは、やめた。俺は、ここで生きていく」

「柾木……、いいのか？」

まじまじと見つめられながら柾木は続けた。

「ああ。いばれるようなつとめじゃないけど、俺に会いたがってる旦那たちが、ここには何人もいる。お前がひとりでも多くの人の身体を治したいように、俺はひとりでも多くの客の心を治したいんだ」

「ほうけ……、ほうだな、ほれがいいさ」

ふたりとも泣いていた。離れるのは、身を切られるように、辛い。でももう、別れなくてはならなかった。

「じゃあ……」

「ああ。またな」

また会えるかどうかもわからない。もしかしたら自分は胸の病で死ぬかもしれない。けれど、

「またな」

と柾木も笑った。

光祐はゆっくりと歩き出し、裏吉原の木戸へと向かっている。その先には、彼が切り開く明日が待っているはずだ。柾木は胸を熱くしながらその背中を見送った。

不意に、お里を出た日のやりとりが、蘇ってきた。

あの時は、去っていく柾木を、光祐が後ろから励ましてくれた。

「……光祐！」

光祐はゆっくりと振り返った。

柾木の唇から、あの日と同じ言葉がこぼれ出る。

「光祐……がんばれし！　がんばれし！」

大きく手を振って光祐の背中を見送る。

光祐は頷き、手を高くあげて、木戸をくぐって、出ていった。

立ち尽くす柾木の手の甲に何かがひらひらと舞い降りた。

振り返ると、櫻木屋の横の満開の桜の木が、柾木を見下ろしていた。

柾木は身体の芯から力がわいてくるのを感じていた。

あいつが立派な医者になるのなら、俺は立派な男おいらんとしてやっていってやる。

柾木は、温かく降り注ぐ朝日に向かって、八の字で進み始めた。

離れ離れになるのに、心の中に、光祐を強く感じている。

これからはどんなに辛いことがあっても、乗り越えていける気がした。

日の光の中に、懐かしい紫野が微笑んでいるような気がした。

まるで観音様のようなその姿に向かって、柾木はまた一歩、繰り出しながら、つぶやいた。

「俺は……ここで生きていく!」

終

船を乗り継ぎ、何日も歩き続け、光祐はやっと長崎に着いた。

この国にはたくさんのお里があり、人々がそこで暮らしていて、山も川も谷もあることを、光祐は身体で知った。そしてどこに行っても病んでいる人が、いることも。

長崎に着いたのは、江戸を離れてもう一月も経った頃だった。辺りの桜の木はもう、青々とした葉を繁らせている。

最初に向かったのは、蘭人が暮らす出島だった。けれど、そこは吉原の門のように見張りが立っていてなかなか入れてはもらえなかった。押し問答をしているところに、門の中から「医者はいないか！」という声があり、入ることができた。強風で建物が倒れてケガ人が何人も出て、医者たちが出払っていたためである。

ある程度医学の知識と経験があることをわかってもらえた光祐は、戻ってきた蘭人医者の弟子となれて、住み込ませてもらえることになった。とんとん拍子に進んで、怖いくらいだった。

通された応接室に据えられたたくさんの蘭書を目にして光祐は武者震いをした。これを全部読むのにどれくらいかかるだろう。けれど寝る間も惜しんで学ばなければ。

今すぐにでも目を通したくて、うずうずしてくる。

光祐の中に、あの日の柾木のはかなげな微笑みが蘇ってきた。

あいつは多分、胸を少しおかしくしている。ひどくなる前に、俺がいい薬を見つけなければ。

俺はここで必ず立派な医者になって、またいつの日か、柾木のところに戻る。

大事な人を守るために。もう一度あいつに会うために。

光祐は、深く息を吸い込んで、ひとり、つぶやいた。

「俺は、ここで生きていく」

あとがき

　この本を手に取ってくださり、本当にありがとうございます。私が脚本を書いた「男おいらん」という、着物姿の俳優さんたちが何十人も出てくる舞台があります。この本はそのノベライズ版です。

「男おいらん」プロジェクトがスタートしたのは、二〇一二年の四月のことでした。

　その頃、私は、初めて得た舞台脚本の仕事を降りたばかりでした。イケメンに特化した演劇というコンセプトで依頼されたもので、俳優さんたちが歌ったりダンスをしたりスポットライトが当たってキラキラ輝いたり……、私は夢をいっぱい詰め込んだ脚本を提案したつもりです。ところが、歌はムリ、ダンスは五秒まで、スポットライトも当てることはできない、などとすべてを却下され、もうどうしようもなくなり、やむなく脚本担当から降りたのでした。

　イケメンが多数出演する演劇での歌やダンスはよくあることなので、今振り返ると、すべて却下されるという状況が特殊だったのかもしれないと思うのですが、あの当時は初めて書いたものでこのようなことになったため、自分は脚本を書くのには向いていない人間なのではとひどく落ち込み、部屋にこもる日が続いていました。のちに「男おいらん」のプロデューサーとなるFPアドバンスの中西社長は、そんな私の事情をすべて把握したうえで「今の悔しさを脚本にぶつけてきてほしい」と言ってくれたのです。

中西さんはまず「内藤さんが一番やりたい舞台は何？」と聞いてくれました。しかし、私が一番やりたかったのは、男の子がおいらんになる劇だったのです。着物の演劇は、衣装代がかかるということで、先日降りた舞台の企画段階でも却下されていました。今どきの男の子たちは着物を自分で着られない人が多いので、稽古に時間がかかるとも言われました。

しかし中西社長は、「着物も所作指導の先生も私がなんとかする。内藤さんが本当にやりたい舞台をやりましょう。若い俳優が男おいらんになるという舞台はまだないし、それはきっとシリーズ化する良いものになるに違いない」と言ってくれたのです。

かくして設立数年の小さな芸能プロと私との手探りのスタートとなったこのプロジェクト、本当に着付けや所作の先生もついて、稽古期間は通常の演劇の倍かかるというものになりましたが、オーディションには驚くほど大勢の俳優さんが集まってくれました。「一度おいらんをやってみたかった」「男おいらんというタイトルがとても魅力的。仲間に加わりたい」と言ってくれたのです。この反応の良さは私たちの救いでした。そしてキャストの皆は、女物の着物の着付けからスタートするという長い稽古に付き合ってくれたのです。

稽古は試行錯誤の繰り返しで、脚本も何度書き直したことか……。稽古のラスト二週間は劇場泊まり込みで皆頑張りました。皆の気持ちを支えていたのは「なんだか素晴らしい舞台の予感がする」という奇妙な確信だけだったのです。なにしろ男がおいらんになるという初の試み。どんな言葉づかいにするべきなのか、どういう振る舞いをするとカッコいいのか、皆で知恵を絞りに絞り、時には深夜まで話し合いが続けられたのです。

結果は、初日から連日の満員御礼で、全席完売でした。キャンセル待ちも百人以上出て、劇場で観られないお客様はＤＶＤを買い求められ、私たちの想像以上の反響と、舞台に感動したお客様の涙がそこにありました。なんとも言えない達成感でいっぱいでした。着物姿で歌って踊ってスポットライトを浴びている役者の姿を見て、私も涙、涙でした。

その後すぐに再演、そして新演出版、地方公演と、「男おいらん」は広がっていきます。コミックノベルとして電子書籍化もされ、より多くのかたにこの世界をお楽しみいただけるようになってきたことを喜んでいたある日、復刊ドットコムの左田野さんがお声をかけてくださいました。それは「男おいらん」を本にしませんか、という願ってもない誘いだったのです。こうしてできあがったのが、この「男おいらんノベライズ版」です。舞台では描ききれなかった男遊女たちの設定なども盛り込み、より深く濃い世界がここにはあります。

あまりにもリアリティある舞台だったからなのでしょうか、よく、「本当に男おいらんが吉原にいた」と誤解されるかたがいますが、そういった史実は今のところ見つかっていません。いてもおかしくはなかったとは言われていますが、証拠が出てきていません。けれど男おいらんが本当に存在していたとしたらそれは、単なる豪華絢爛なものではないと私は考えています。望んでその世界に入ったわけではない、飢饉のお里から売られてきた美少年が泣く泣く暮らしていたのではないかと……。この物語はそうした私の妄想から始まったのでした。

累計五千人以上もの皆様がお楽しみくださる舞台に成長できたのは、多くのスタッフやキャストの皆さんの努力の結果だと思っています。最初の時点から中西さんが予測されていた「何度も上演される舞台」になったことを本当にうれしく思っています。そしてそれほどまでに皆を魅了する「男おいらん」という存在を、今後も大切にしていきたいと考えています。脚本を書くことから逃げ出しかけていた私を立ち直らせてくれた「男おいらん」に、私自身感謝しています。「本当に好きなこと」に自分を賭けてみる勇気を、もらえたのです。

最後になりましたが、イラストを手がけてくださったさちみりほ先生、復刊ドットコム社長の左田野渉さん、編集の吉田奈美さんら「男おいらんノベライズ版」に関わってくださったすべての皆様、FPアドバンス代表の中西純さん、演出の申大樹さん、三浦佑介さんら、舞台「男おいらん」に関わってくださったすべての皆様、それからこの本を読んでくださったり、舞台を観てくださった皆さまに深く感謝申し上げます。これからも舞台「男おいらん」の上演は続くと思います。機会がありましたら、そちらもお楽しみいただければ幸いです。

二〇一四年　春

内藤みか

男おいらん

Otoko Oiran

2014年3月26日　初版発行

著　　者・内藤みか
イラスト・さちみりほ
発 行 者・左田野 渉
発 行 所・株式会社復刊ドットコム
〒150-0036　東京都渋谷区南平台町16-17　渋谷ガーデンタワー
電話　03-6800-4460
印刷・製本・株式会社暁印刷

乱丁・落丁はお取り替えいたします。
定価はカバーに表示してあります。
本書についてのご意見、ご感想、その他お気づきの点がありましたら
info@fukkan.comまでお送りください。

ISBN978-4-8354-5065-0 C0093　Printed in Japan